# SPEJL, SKULDER, BLINK

索尼娅的
驾驶课

U0748310

Dorthe Nors

[丹麦] 多尔特·诺尔斯——著

刘国枝 秦静姝——译

外语教学与研究出版社
北京

# "驾"如人生

（代译序）

　　提起丹麦作家，人们往往首先会想到被称为"现代童话之父"的汉斯·克里斯汀·安徒生（1805—1875），他的作品已经被译成150多种语言，陪伴了一代又一代人的童年。到了二十世纪，凭借《走出非洲》（1937）中对非洲大地的诗意书写，伊萨克·迪内森（又名卡伦·布里克森，1885—1962）成为一个蜚声世界的名字，而由梅丽尔·斯特里普主演的同名电影1986年一举斩获奥斯卡七项大奖，则引发更多读者对于小说的兴趣，从而进一步巩固了伊萨克·迪内森作为丹麦文学国宝的地位。进入二十一世纪之后，尤其是近几年来，一位名叫多尔特·诺尔斯（Dorthe Nors）的女作家再一次引起世界范围内的读者和评论家们对丹麦文学的高度关注。

　　多尔特·诺尔斯1970年5月20日出生于丹麦日德兰半

岛中部的海宁，1999年毕业于奥胡斯大学，获得文学和艺术史学位，2001年出版第一部小说《灵魂》（Soul），迄今已有5部长篇小说、2部中篇小说和2部短篇小说集问世。最先将她带上世界文坛的是短篇小说，收录在短篇小说集《空手劈》（Karate Chop，2008）中的作品被陆续译成英语，发表在英文杂志上。2013年，短篇小说《苍鹭》出现在9月份出版的《纽约客》上，多尔特·诺尔斯因此成为首位在《纽约客》上发表作品的丹麦作家。长篇小说《索尼娅的驾驶课》出版于2016年，其英文版 Mirror, Shoulder, Signal 由米沙·霍克斯特拉（Misha Hoekstra）翻译，英国普希金出版社出版，并于2017年入围国际布克奖短名单，虽然最终与大奖失之交臂，却将多尔特·诺尔斯成功地推至世界文坛的聚光灯下。

本书译自英文版 Mirror, Shoulder, Signal，原书名源于驾驶教练指导学员学车时的指令，意为"看镜子，检查盲点，打转向灯"。全书篇幅不长，情节也相对简单，由于主人公索尼娅是一个内心敏感细腻的女性，外部世界的一人一物、一言一行都能引起她内心世界的涟漪或漩涡，作品的内容可简略概括为"正在进行的事件"和"索尼娅的内心活动"两部分，前者主要包含4次驾驶课、2次按摩、3次眩晕症发作、打给家人的3个电话、写给家人的2张明信片和1封信、1次参加远足冥想却提前离队、1次陪同朋友去听音乐会却不告而别；后者包括索尼娅对往事的回忆、对现时的疑虑和对未来的迷思。多尔特·诺尔斯以索尼娅学习开车为切入点，通过巧妙运作，将这些随时可以淹没在日常生活之中微不足道的鸡毛蒜皮，串联成一出"人在囧途"的悲喜剧。

人们常说"四十而不惑"，但索尼娅却似乎恰恰相反，正处于大惑之中。索尼娅的家乡是位于日德兰半岛的一个小镇，早年由于厌倦那儿单调重复的生活，她发奋努力，得以在中学毕业后与好朋友莫莉一起到哥本哈根上大学，并通过多年打拼，貌似在城市立稳脚跟。现在的索尼娅已经四十多岁，经历了恋爱不顺，至今婚姻无着，没有子女，单身一人住在一套租来的公寓里，属于典型的城漂一族。她从事着一份表面光鲜的自由职业——将瑞典著名犯罪小说家的作品翻译成丹麦语，在高强度翻译工作的间隙，她决定抽出时间来学习开车。正是通过上驾校这个契机，通过自己的驾车之惑，索尼娅对自己的职业之惑和身份之惑进行了深度审视和拷问。

索尼娅很羡慕别人能轻易学会开车并轻松驾驶，自己却人到中年才开始有所行动，而学车的过程也并不顺利。首先，索尼娅发现自己是驾校里年龄最大的学员，在一群年轻人中显得格格不入。其次，她与教练的相处也是尴尬连连。第一位教练尤特是个脾气暴躁的长舌妇，练车途中总是说长道短、喋喋不休，特别是为了不中止唠叨而干脆帮索尼娅换挡，使得索尼娅始终处于"不会换挡"的窘境。第二位教练——也是驾校的老板——福尔克态度友好，很有耐心，但因为有过勾搭女学员的"前科"，而让索尼娅处处设防，时时戒备。与此同时，索尼娅还有一个难言之隐：因为母亲一系的遗传，她患有良性阵发性位置性眩晕，只要头部处于某个特定位置，就会引发眩晕。虽然索尼娅安慰自己说这对驾驶没有影响，但她深知其中的隐患，深知此事绝对不可以被驾校方面知晓。因此，一路小心翼翼却磕磕绊绊地走来，几番努力和挣扎之后，还是无助又无奈地发出"为什么就不能只是学开车"之问。

翻译是一项搭建桥梁的工作，自有其崇高伟大的色彩。作为瑞典畅销小说家的御用丹麦语译者，索尼娅是母亲与姐姐的骄傲，也经常受到媒体的关注和读者的好评。但具有讽刺意味的是，这些译著的"桥梁"作用在实际生活中却出现反转。索尼娅一直对自己与姐姐凯特的关系耿耿于怀：曾经亲密无间、手足情深的姐妹如今却冷漠疏离。凯特喜欢阅读索尼娅翻译的犯罪小说，也为索尼娅的成就感到自豪，却不肯接索尼娅的电话，不愿与她交流，从某种意义上说，索尼娅的译著成了姐妹俩不由自主碰面的"场所"，"因为正是由于索尼娅的努力，凯特现在才可以埋首于一个用丹麦语描绘的井然有序的罪恶世界中"。而跟福尔克一起学车时，听说他妻子喜欢看书，索尼娅便刻意为她带了几本自己翻译的书，放在汽车的后座上，以营造出一种他妻子也在车上的氛围，阻隔福尔克对她的非分之念。另外，这些小说虽然充斥着腐烂的尸体和残缺的阴道，却是国会议员们的最爱，是他们眼中的"数独游戏"，是他们去乡下别墅度假时携带的唯一读物。索尼娅不禁对自己工作的意义产生严重质疑，觉得自己是"西方文化这个巨大尸体上的寄生虫"。而对小说的原作者而言，索尼娅的作用也并非无可替代，一旦索尼娅退出，很快就会有新人登台。由此看来，译者的价值究竟何在？

中年、女性、单身、译者组成了索尼娅身份的四维，但不足以构建出一个鲜明独特的身份。身在哥本哈根的索尼娅处于焦虑、迷茫之中。她情不自禁地回溯过去，却发现家乡是一个永远无法返回的地方，当年一起闯荡世界的闺蜜也早已改名换姓今非昔比，她曾经爱上的男人都不会真的"看到"她的存在。注目现在，城市里人头攒动，车流如织，但这里的一切都不愿与她有任何关系，乡愁无所依托，理想无处安放。展望未来——索尼娅的未来已经因为一次算命而关闭，算命师的预言她既不敢相信也不敢不信，从而彻底剥夺了她对自己未来的发言权。就这样，索尼娅沉溺于"失根""失位""失焦"的状态中，寻寻觅觅，兜兜转转，而位置性眩晕的疾病无疑是对这所作的隐喻性注解。

按摩师埃伦对索尼娅身体的解读总是让索尼娅想起大学

时的文本分析课，"一切都另有其意，一切都应该升华，要挣脱自身的外壳，上升到某种更高的含义"。同理，索尼娅的驾驶课也不仅仅是为出行方便而上的驾驶课，也应该另有其意。正如英文书名中的三个单词"Mirror""Shoulder""Signal"所指涉的，步入人生中途、陷于人生囧途的索尼娅在看后视镜（回首往事）和检查盲点（检思迷惘）之后，顿悟人生就是一段苦乐相间、得失相依的旅程，终于准备打转向灯（调整生活方向，离开哥本哈根），与生活握手言和。

译者

**1**

　　索尼娅此刻坐在车里，还带上了字典。字典很沉，放在后座的包里。约斯塔·斯文森最新一部犯罪小说她翻完了一半，且质量已和上一部相当。现在我可以腾出时间了，她想。于是在网上查找驾校，并在腓特烈斯贝的福尔克驾校报了名。上理论课的教室是一个蓝色的小房间，散发着陈腐的香烟和更衣室的味道，不过理论课本身进展顺利。除了福尔克之外，班上只有一个人与索尼娅同龄，并且他是因为酒驾才来这里，所以不怎么与其他人交流。索尼娅通常坐在这儿，在一群孩子中尤为显眼，上急救课时，老师请她一起做示范。他指着她喉咙那儿假定为呼吸受阻的地方，对她实施海姆立克急救法[1]，他的手

---

[1] 也称"海氏急救法"，是美国医生亨利·海姆立克1974年发明的一套利用肺部残留气体形成气流冲出异物的急救方法，是全世界抢救气管异物患者的标准方法。

指放在她的脸上，伸进她的衣领，在她手臂上来回移动。有一次他还勒住她的脖子，但这还不算最糟的，最糟的是他们自己练习的时候，被一个十八岁的男孩置于复苏体位让她很难堪，还让她头晕，而这件事不能让任何人知晓。她妈妈总是说，"你真是个斗士"，索尼娅也的确是个斗士，她没有放弃。她本该放弃的，但是没有。"然后用力按压心脏三十次，并注意他们是否在呼吸。"急救课老师说。

　　这才是最终的关键，索尼娅当时想，呼吸，于是她通过了理论考试。对她而言，问题总是出在实践上，正因如此，她此刻才坐在车里。她走到这一步已经很不错，尽管进步有限；她期望自己技艺娴熟，经验丰富。就像她姐姐凯特和姐夫弗兰克一样，他们在八十年代就拿到了驾照。在家乡巴灵，人们常常开着增强型皮卡，突然加速，风驰电掣地穿过乡间。作为成年人的凯特现在害怕各种事故，但在青少年时代，她却以此为荣。她曾经是偷乘事故车辆的大胆女孩，是谷仓舞皇后，是俱乐部和健身比赛中出尽风头的美丽女郎。如果她现在得知凯特当年经常偷偷从后面把车开回家，也一点儿不会惊讶。在巴灵，经常有车从教堂后面的路上偷偷驶过，索尼娅的车也曾不声不响地绕过那里，但这是因为她的驾驶技术太差。汽车作为一件机械装置，总让她弄不明白，所以她的驾驶课经常受到各种问题的困扰。其中最大的问题现在就坐在车里，坐在索尼娅身边。

她叫尤特，理论课教室里挥之不去的烟味就来源于她。驾校里处处都有烟味，而大部分的烟都先去尤特的肺里走过一趟。索尼娅到达驾校时，尤特正坐在福尔克的办公室里，在看脸书还是其他学员的医疗记录什么的。"扎马尾的梅兰妮没有得到医生的许可！"她冲着门口的索尼娅喊道，"她的神经有问题，你知道吗？"

索尼娅不知道，而且她自己也还没得到医生的许可证明。她的耳朵有毛病，这是从她妈妈那边遗传来的。当她们的头部处于某个位置时，就无法保持平衡。有很长一段时间，她以为自己已经侥幸逃脱，但后来位置性眩晕却又出现了，全名叫良性阵发性位置性眩晕。[1] 不过对索尼娅家乡的人而言，这太过深奥。再说，她的病情已经得到控制，不会影响她蹲坐，所以她现在坐在车里，约斯塔的书放在后座上，尤特坐在她身旁。

尤特心事重重，所以没有时间教索尼娅如何自己换挡。索尼娅已经跟着尤特学了半年的车，但仍然不太会换挡。尤特总是主动出手为她代劳，因为如果尤特自己负责换挡，她们就不必转换话题：她儿子要结婚了，她孙子会叫一个很难听的名字，那个未婚妻的着装品位很差劲，她姐夫的妈妈的新丈夫的妹妹

---

[1] 良性阵发性位置性眩晕（BPPV）是一种临床上常见的周围性前庭疾病，又名耳石症，是最常见的源于内耳的眩晕病。当头部运动到某一特定位置时可诱发短暂的眩晕，并伴有眼震和自主神经症状。

刚刚死了。

"泰国人简直不会开车。"

索尼娅和尤特此刻在腓特烈斯贝，正在等绿灯。最后一支烟的烟雾飘出窗后又被吸进了副驾驶室，与索尼娅冒出的汗味混合在一起。她打开右转向灯，并留意着骑自行车的人，尤特的手则放在变速杆上。

"我最近在教的那个女人叫帕克宝。帕克宝！？**绿灯！二挡，二挡，小心自行车！**"

在索尼娅为了避让自行车而转向之际，尤特换到了二挡。

"她嫁给了一个七十五岁的老淫棍。那家伙成天坐在办公室里，大腹便便，身材臃肿不堪。"

她们已经朝市中心方向行驶了好一段路，路上车辆不多，所以尤特可以轻易地换到四挡。她踩下副驾驶一侧的离合器，然后指了指一家熟食店。

"那儿的肉冻做得不错，还有热乎乎的熏肉香肠肝酱。我太喜欢圣诞节了，怎么都过不腻。你难道不喜欢圣诞节吗？"

现在才八月初，而且索尼娅也不喜欢圣诞节。圣诞节总是围着凯特的购物清单转，并通过追忆过去的时光而将伤害降到最低。但她还是点了点头。她想顺着尤特的意，因为从真正的意义上来说，是尤特在开车。实际上，索尼娅对她有几分心软，因为她曾告诉索尼娅，她来自久斯兰半岛[1]，家乡在尼姆措夫特那边的一个小村庄。尤特的父亲在当地经营着一家饲料店，就在学校对面，所以午餐时尤特可以跑回家吃饭。二十岁那年，她搬到了哥本哈根。村治安官的一个弟弟在维兹奥勒[2]郊区有一个多余的房间，那位弟弟本身也是警察，而穿制服的男人一贯是尤特的软肋。现在她住在内陆，在索尔勒，但在当年，她想要做的就是出去跳舞，直到彻底摆脱身上属于丹麦乡下的土味。

索尼娅告诉过尤特，她很难相信尤特也来自日德兰半岛。她从尤特的口音中听不出来，而且她整体上也听不太懂尤特说的话。向左转是"turleff"，向右转是"trite"，这根本就算不上方言。这只是尤特在不转换话题的前提下，以最快的速度发号施令的一种方式。[3]

"你已经没有多少日德兰口音了。"索尼娅现在说。

"你该听听——trite——我跟我妹妹通话时是怎么说的。**绿箭头，绿箭头，转弯啊该死，看自行车！**"

索尼娅一边右转，一边想着自己跟凯特通话时会怎么说。

---

[1] 位于日德兰半岛东北部。

[2] 丹麦的一个自治市，位于哥本哈根以西，属京畿大区。

[3] 文中"turleff"和"trite"原本应为"turn left"（往左）和"turn right"（往右），尤特因为说话太快而省略了一些音。

不过她已经很少跟凯特通话了,现在她们正朝韦斯特布罗区[1]驶去,目标前方是交通极为拥堵的伊斯特街。而尤特在说,她喜欢把阶梯状的瑞典蜡烛摆在窗台上。圣诞树上还应该有闪光纸,但她儿子的未婚妻却不这么看,在她家里,圣诞树总是得装饰成白色,尤特简直不明白这是为什么,正如她不明白福尔克干吗要让那么多外国人进驾校一样。

"他们可以去自己的驾校。"尤特说,"他们听不懂我的话。每次带他们练车,我就——turleff——把命提在手里。"

索尼娅想着久斯兰半岛的饲料店。在她的家乡巴灵,也有一家这样的店。马路对面是杂货店,店名是依老板的名字取的,叫"超级奥格"。现在巴灵已经没有杂货店,没有肉铺,也没有邮局了。农场互相吞并,最后只剩下两家,他们清除了所有的牛奶车车道、人们聚在一起八卦的小路以及坑坑洼洼的老路。巴灵犹如一个与世隔绝的文明,位于一片广袤的玉米地上,尽管在此之外的荒野逃过了一劫,没有成为追求效率的牺牲品。那里有大天鹅。尽管人们几乎不再务农,农舍的厨房仍然很大,就像小食堂一般。房间一端摆着一张长长的复合板餐桌,那曾是已经消失的农场工人们用餐的地方;窗边放着现代的橱柜。当他们进来吃饭时,你就不得不从长凳上挪开,而那

---

[1] 哥本哈根十五个行政区之一。

时的尤特呢，正坐在久斯兰半岛的家里，晃荡着双腿。这是午餐时间，她跑回家吃饭，她坐在椅子上，脚还够不到地板。她穿着红色短袜和格子裙。她妈妈在她面前放了一片白面包。这是她妈妈自己烤的面包，很干很硬，尤特把人造黄油抹在上面。接着，她拿过一包红糖。红糖发出沙沙声。把红糖压进人造黄油里总是很有趣，她可以为此花上很长时间。然后，她会倾听红糖在她口里如何沙沙作响。它在她的唾液中溶化，变得甜滋滋的，就像糖浆。上课铃很快就要响了。铃声一响，她妈妈就大喊着说她要迟到了。尤特不得不朝马路对面奔去，双腿像奋力敲击的鼓槌一般。

**"刹车啊该死！你他妈的看不见人行横道吗？"**

尤特已经踩下刹车和离合器。她们停在一处人行横道上，瞪着一个穿风衣的惊魂未定的男人。

"你得停车让人！"尤特说。

"我知道。"索尼娅说。

"看起来却他妈的不是这样！"尤特说，松开离合器，挂上了  挡，然后是二挡。

尤特的手机响了。她们挂着三挡驶过韦斯特布罗街。尤特的丈夫上午不用上班，他找不到遥控器了。

**"在篮子里。对，篮子在——trite，打灯，打灯，该死，turleff，慢点儿，慢点儿！——烤猪排旁边，我想。"**

她们在闪闪发亮的自行车流中驶入伊斯特街。索尼娅眼前一片模糊，她感到快要窒息，但在恩哈夫路的十字路口，她几乎独立完成了一个左转。尤特跟她丈夫已经通完话，但发现了她儿子未婚妻发来的信息和照片，照片上她的孙子穿着洗礼服，尤特的声音变得柔和起来，她认为索尼娅也得看看照片，但索尼娅觉得如果可以的话，希望稍晚再看，尤特便把手机放到了仪表盘上。

　　在车里很难保持界限。当你还在学开车时，得放弃自由意志，有一次，尤特强行要她超过一辆卖热狗的小车。她们此前一直开得很平稳，但随后她们来到街上一个有安全岛的地方。前方还有一辆正缓缓前行的热狗车。索尼娅本不该超车，但她后面的人渐渐不耐烦，开始按起喇叭。"超过去，该死的，超过去！"尤特大声喊道。于是索尼娅越过中线开到对向车道，超了车，然后又急速返回自己的车道，由于速度太快，差点儿撞到那个卖热狗的人。当然，他当时正拉着车沿着路往前走。"你的双手刚才差点沾上他的鲜血。"尤特说。

　　索尼娅对这件事一直心怀愧疚。不仅愧疚，还唯恐真肇事杀人。现在她们正驶近维格斯莱夫大道，这条路经过西部公墓，尤特决定她们拐过去绕着公墓开一圈。

　　"那个，我真的很喜欢西部公墓。"索尼娅没话找话地说，"在公墓尽头那边有个小教堂，它的窗户上装有胶合板。我想他们已经不再用它了。那儿还有一条林荫道，两边排列着古老多节的白杨树，还有一个池塘。我喜欢带上一条毯子躺在那儿看书。"

而在尤特看来，看书是为度假者准备的，墓地则是为死者准备的。在尤特的家族中，死者还真不少。有的死于交通事故，还有的是因为癌症或工伤事故而去世的。她母亲还健在，但她姐姐得了肺病，不过这时索尼娅该转弯了。她应该左转。看后视镜，检查盲点，打转向灯，踩离合器。尤特将速度降至二挡，但索尼娅得自己选择车道。她选对了，当车道很多时这并不容易。现在是红灯，她们坐在车里，挂着一挡等待着。在她们右边的车道上有一辆货车，引擎正在飞速转动着。

"土著人。"尤特指着那辆货车说。

索尼娅抬头看了看信号灯。绿灯亮了。她松开离合器往前开。货车也一样，接着它开始在索尼娅的前面转弯。从右车道上左转是违规的，索尼娅知道这一点，尤特也知道。尤特摇下车窗，一只手伸出窗外并竖起中指，另一只手放在方向盘上按响喇叭。她又按喇叭又竖中指，而她们的车则在绿灯期间停在了十字路口正中央，货车也停住了，驾驶室一侧的车窗摇了下来。

"混蛋！"尤特大喊。

"臭婊子！"货车司机吼道。

索尼娅想着公墓里那些已故的首相。带一条毯子去那儿真是一件惬意之事。她可以躺在毯子上，看着汉斯·赫托夫[1]，鸭子在一旁嘎嘎叫着，大教堂的屋顶在太阳下熠熠发光，犹如新耶路撒冷，或丹麦某个偏远地区的小洞天。远处有汽车的嗡嗡声，近旁能嗅到紫杉和黄杨木的清香；几乎与外界隔绝。从理论上说，一头雄鹿可能会悠然走过；她买了一块曲奇来配咖啡，还从矮树丛中扯了几根青藤。死者不会发出声响，如果她运气好的话，一只猛禽可能会从头顶飞过。于是她就躺在那儿，远离尘嚣。

---

[1] 汉斯·赫托夫·汉森 (1903—1955)，于 1947 年 11 月 13 日至 1950 年 10 月 30 日和 1953 年 9 月 30 日至 1955 年 1 月 29 日两次担任丹麦首相。

## 2

"我的脖子和胳膊有点儿问题。"索尼娅说。

今天是星期四，空气又沉又闷。她躺在按摩床上，脸朝下枕在一个小游泳圈上。她的下巴贴在皮革上，感觉很僵硬，刷牙时还痛，仿佛颌关节生了锈一般，尽管按摩师此刻正在按摩她的臀部。过了一会儿，她慢慢按到索尼娅的上半身，索尼娅感到一股气正从她的腹部向上游走。多半是怒气。它迫切地想从她嘴里出去。她应该让它出去，名叫埃伦的按摩师说。

"把它释放出来。"她说。

在这个作为按摩诊所的房间里，地板是由刨平的木板铺成的。树干上的分叉点清晰可见。索尼娅父母的卧室以前也是铺的木地板，到处都是节疤。当她妈妈读着小报，而她爸爸把报纸翻得哗哗响时，索尼娅会躺在那里，在想象中让木头表面活动起来。她可以让一个节疤像很多东西：鸟儿、汽车或《唐老鸭》里的角色。埃伦家的地板现在也同样栩栩如生。此刻她正在用力按摩索尼娅的臀部。她说索尼娅的身体一直很紧张。当索尼娅二十分钟前到达时，埃伦的厨房门半开半掩着，索尼娅想瞥一眼里面的情景，但除了放在案板上的编织活儿之外，什么都看不到。她对埃伦了解有限，只知道她擅长按摩，以及她的眼神里含有某种渴望。

"你的屁股很硬，"埃伦说，"那是因为——原谅我说一句不客气的话——你对自己的感情很吝啬，是情感上的吝啬鬼，一毛不拔的铁公鸡。你难道不明白语言可以表达一切吗？"

基于目前从事的工作，索尼娅对这一点十分清楚。语言的力量很强大，甚至可以说很神奇，一个极为细小的变化就可以提升一个句子的色彩，或者彻底改变句子的意思。

"我觉得你在车里的时候，应该要求教练安静一些。"

驾校烦恼是诊所里常聊的话题，埃伦总是建议客人们直面它们，但索尼娅早就死了这条心，她不再要求安静。这根本就不管用。如果索尼娅要求安静，尤特可能会尝试克制自己，没错，但不会持续太久。被一个学员这样摆布，会扰乱她的心绪。对尤特来说，所有的坏事都源于安静。像凯特一样，尤特对空白区域感到危险，所以得用无聊的话语、蛋糕食谱以及狗毛等来填补它们。

埃伦的手在索尼娅身上用力揉捏着，而索尼娅极少把自己置于别人手中。她觉得埃伦的手比大多数人的更有力。埃伦经常得搬东西，她的客人也并非个个都能自己爬上按摩床。"每个人都回避不了自己的身体。"埃伦喜欢说。凯特也有一双有力的手。在她工作的养老院里，配有为年老体弱者准备的升降机，但她仍然难免要把人抱起来，就这方面而言，她和埃伦都很有力气。此刻，埃伦的手从索尼娅的臀部移到了她的心脏后背。

心脏后背是位于肩胛骨之间的部位，埃伦称它为心脏后背，是因为如果有人想从背后刺杀你，他们就会朝这个地方下手。索尼娅的这个部位一碰就疼。由于太过疼痛，当埃伦按摩时，索尼娅一直紧盯着地板上的一个节疤，那个节疤很像耳朵有些大的米老鼠，垂着双手站在那儿。它手上戴着手套，裤子上有黄色纽扣，在大声呼唤布鲁托，那条狗应该来了，应该马上就来。真疼，她的上臂也很疼，感觉像是擦伤了一大片。

"啊，"索尼娅说，"那儿也疼。"

"你觉得你的胳膊为什么会这么疼？"

索尼娅说，可能是因为在西部公墓旁十字路口的那次争吵。这件事她以为自己以前抱怨尤特时告诉过埃伦了，但显然没有。现在说出来很舒服，她还告诉埃伦后来开车返回福尔克驾校的情景，讲到尤特如何变得怒气冲冲。当时，索尼娅试着自己换挡，而她不该那样，因为尤特接着就指责她想毁掉汽车。

"我差点儿哭了。"索尼娅说。

埃伦把温暖的双手放在索尼娅的上臂上。

"这太不公平了。"

索尼娅能感觉到自己右上臂的肌肉有所放松。是埃伦的手，它们在拍打她，埃伦的指头在摩挲她耳朵背后某个地方。索尼娅已经步入中年，她现在是成年人了，她不再需要人们总是和谐相处，也无法强迫别人这样。他们不太接受她，也不愿对她敞开心扉。比如，凯特就不再接她的电话了。

"可以换另一边了吗？"埃伦问。索尼娅努力点点头。

由于头套在游泳圈里，翻身并不容易，而且得特别小心；某些角度会引发位置性眩晕。让头部保持所谓的看牙姿势很难受。按照埃伦的说法，索尼娅的眩晕是某种精神状况的表现。索尼娅便解释说，如果真是这样，那么她的家族中大部分女性都受到了这种精神状况的影响，尽管她不想与外人谈论她的家人。埃伦解析别人的身体时，有某种东西让她想起了大学时上的文本分析课。一切都另有其意，一切都应该升华，要挣脱自身的外壳，上升到某种更高的含义；应该摆脱其原来的意义。仅仅停留在现实还不够。埃伦无法掩饰这种渴望，从她摆在房间各处的许多天使来看，她也不想掩饰。桌子和窗台上都有小天使的身影，连她脖子上戴的项链上也是天使，现在她正走到按摩床的另一边。她想从索尼娅的脚部开始，索尼娅的足弓有点儿畸形。"它们不想抓地。"埃伦曾说。埃伦在她的网站上自称"按摩理疗师"，索尼娅本以为她会用物理疗法，但在埃伦这里，索尼娅的肩膀不是肩膀，而是一种感觉，她的手也不是手，而是她精神状态的表现。作为一名按摩理疗师，埃伦认为解读索尼娅是她的职责，而索尼娅的唯一对策就是解读埃伦。这是一种相互解读的把戏。如果索尼娅的手腕痛，埃伦会说："也许你把缰绳攥得太紧了。"当索尼娅说，也可能是因为翻译约斯塔·斯文森的小说使她的手在键盘上工作太久了的关系时，埃伦就会说："那肯定是你的手对约斯塔·斯文森有些抵触情绪。"

这并非完全不可能，但埃伦此刻按摩的不是索尼娅的手，而是她的脚，她的脚伸出了按摩床。凯特的丈夫弗兰克称她为"马赛人"，因为他曾去过非洲，他在那里教非洲人关于风力涡轮机的知识，索尼娅想象他站在大草原的中央。他站在那里，盯着一个马赛人的膝盖骨。他身材矮小，穿着一件 T 恤，旁边的人高出他不止一个头，而索尼娅也很高，所以他觉得揶揄索尼娅是马赛人很有趣。索尼娅太高了，埃伦不得不把她的小凳子往后挪了几英寸[1]，才能真正够到索尼娅的脚。埃伦擅长按摩，这一点毫无疑问，但就身体分析而言，索尼娅的所得超出了她的预期。

"顺便一提，吊坠很漂亮。"索尼娅瞥了一眼埃伦项链上的天使说。

埃伦摆弄着吊坠，说是参加一次研讨会时买的。

她没有接着往下说，不过索尼娅早就知道，有些事情——有些额外的情况——埃伦不想多谈。她对超自然的东西情有独钟，索尼娅的朋友莫莉也对这类东西情有独钟。从索尼娅所能记得的时候起，莫莉对地理和宇宙就有一种强烈的不安分之感。上中学的那些年里，她们制定了各种外出闯荡的计划。不是索尼娅不够勇敢，而是莫莉能把那些想法不断扩展，并用语言描述出来。那是一个对未来充满狂热梦想的年代，因此，1992年的一天，她们坐上了一辆搬家的车。开车的是爸爸，他噘着下唇，索尼娅和莫莉则铁了心要去东部。起初是合租公寓，后来搬到哥本哈根生活，又过了数年，索尼娅发现自己正置身于莫莉家的一个聚会上，莫莉住在赫斯霍尔姆市的北部。当时一位算命师也在场。索尼娅靠在冰箱旁喝着啤酒，而穿咖喱色长袍的算命师喝着水，她能看到索尼娅的未来。尽管爸爸总是提

---

[1] 英美制度长度单位。1 英寸为 2.54 厘米。

醒索尼娅，对一切迷信的东西都要避而远之，但她还是站在那里，心里想着，这个女人肯定有某种病，而爸爸曾经还告诉过她，对病人置之不顾是一种罪过。因此她任由算命师喋喋不休。回头想想，算命师曾说她会爱情不幸，显然没有说错。她先是邂逅保罗，然后坠入爱河，最后他却选择了一个仍然梳着法式辫子的二十来岁的姑娘，而那次算命的其他内容被她压在心底。否则你该如何活下去？她一边默默地想，一边试图回忆当时的全部情景。但怎么都想不起来。

"这样疼吗？"埃伦问。

是的，很疼，但索尼娅没有对埃伦说，因为她不想自己的脚底板也被人解读，在日德兰半岛时，她也曾遇见一个能看到鬼魂的人。当时她申请了一个驻留翻译的机会，因为一直在家里与约斯塔·斯文森独处感觉太寂寞了。翻译中心位于一座古老的修道院里，她在那儿没住多久，屋檐下就开始传出窸窸窣窣的动静，地板也老吱吱嘎嘎地响，屋里没人时，房门还自动打开了。到了晚上，猫头鹰会从主楼上空飞过，根据这种种迹象，翻译家们——当时人数不少——编造出了一个鬼魂。无数个夜晚在美酒和闲聊中度过，在他们的谈话中，鬼魂又活动起来了。索尼娅也不甘落后，给鬼魂添加了一些约斯塔·斯文森的元素——时髦的山羊胡子，粗花呢夹克，以及吱吱响的鞋子。这对她来说轻而易举，因为她把他所有的犯罪小说都翻译成了丹麦语，还见过他好几次。接下来发生了这样一件事：她遇见一名工作人员，一名女服务生。索尼娅是在楼梯间碰到她的；索尼娅在下楼，她在上楼。当那个女人突然出现时，索尼娅说："哦，我还以为你是鬼魂。"

她这么说是想开个玩笑，但那女服务生没有笑，她告诉索尼娅她能看到鬼魂。她把一只手放在左眼上，手指在眼前晃了晃，索尼娅对那一幕至今记忆犹新。她说："我这只眼睛能看到鬼魂。"她站在那里，那种手势使她显得尤为怪异。她似乎不想让索尼娅过去，她有很多话要跟索尼娅说，其中就说到修道院所在的区域被赋予了不同寻常的能量。许多个世纪以来，宇宙一直在向这一带倾注力量。在修道院以西的山上，有个地方就发挥着神圣电话的作用。女服务生讲到很多细节，还提到哥本哈根是丹麦的灵异污水池。全国的黑暗能量都流向那儿。

"其实，我就住在哥本哈根。"索尼娅说。

"哦，好吧。"女服务生说。

"你有没有开车去巴灵转过？"索尼娅问。

"没有。"女服务生说。

"根据很多人的说法，那儿也是一个漂亮的丹麦污水池。"索尼娅说，而在接下来的驻留期间，她们彼此再也没有搭过腔。

索尼娅看了看埃伦的左眼，它呈烟灰色。她的嘴巴周围有一条忧郁的细纹，她也不再染发了。她的双手很有力，但眼角有某种暗色的东西，很早以前，她曾说过能看到索尼娅的气场。她还把一只手直直地伸在索尼娅的上方——索尼娅当时正躺在按摩床上——以示意气场的范围有多大。"你的能量场被削弱了。"埃伦一边说，手一边快速地上下摆动着。"你得让能量从你的头顶进去。"她补充道，并向索尼娅演示如何用双手在头顶上形成一个漏斗。能量应该像冲进咖啡过滤器里的沸水一样，滴进索尼娅体内。

"实际上，星期天，"——埃伦这时用力按了按索尼娅的脚，让它们明白她已经按完——"我们一群女人准备搞一个远足的小活动。"

索尼娅点点头。

"我们将在卡拉姆堡车站碰头，然后去基耶斯堡鹿园的一块空地，在那儿冥想。之所以一路走过去，是为了训练我们的感觉。你对这事儿有兴趣吗？想不想加入我们？"

这是因为我说她的天使很漂亮，索尼娅想。她并不想参加，尽管她星期天没什么安排。她发现自己还把后面这句话说了出来。

"你可以坐我的车去。"埃伦说。

"我也可以乘火车。"索尼娅说。

"别多说了，你坐我的车很方便，我十点出发。"

索尼娅从按摩床上坐起身。她系好背后的胸罩扣，看着坐在门缝处的猫。那只猫已经很老了，长着一张扁平脸，正不高兴地瞪着她的脚。它没权利这样盯着它们看：她的脚也许有点儿畸形，但她已经植入假体弥补了缺陷。接着她给埃伦付了钱，埃伦给了她一张收据，并向她保证按摩费可以从她的税里抵扣。

"你毕竟是自由职业者。是独立自主的。"

独立自主？

索尼娅现在站直了身体，能感觉到有什么东西想脱口而出。她站在那里咀嚼着；感觉这东西又干又黏，粘在她的牙龈上。抹有红糖的家庭自制白面包，就是这种感觉；但不管那是什么，都让她说不出话来。

## 3

索尼娅在她的镜子前停了下来。

刚才，她手里拿着凉鞋，正要穿过卧室，突然在衣柜的内置镜里瞥见自己的身影。这简直就像是凯特站在衣柜里一样。太奇怪了，她想。我和凯特从来都没有相像过。于是她走到镜子前仔细端详。

凯特有两个儿子，还有丈夫弗兰克。当他们来到哥本哈根时，要么总直奔蒂沃利公园[1]，要么去其他地方，但会极力掩饰自己是从日德兰半岛来的。带凯特出去吃饭是一种考验。凯特动不动就说这些食物华而不实，而当索尼娅问他们要不要一起游览城市时，凯特说她只想去格奥尔·延森商店，弗兰克则

---

[1] 位于哥本哈根市中心，1843 年开放，是全球第二古老的主题公园，有"童话之城"之称，拥有当前仍在运行的全球建造时间最早的木质过山车（建于 1914 年）之一。

更愿意去天文馆。

但他们有好几年没来看我了，索尼娅想。而且我们长得根本就不像。

她又靠近一步，因为没准她们有某种相似的眼神。颧骨和嘴巴的确有几分相似，尽管凯特不如她高，而且她长得更漂亮，更有女人味。小时候，凯特因为是老大而很把自己当一回事，但与此同时，她也很宠爱索尼娅，因为凯特是那种比较早熟的姑娘。她特别随和，妈妈总是这么说，说完就会摸摸索尼娅的脸，以免她为自己的复杂感到难过。她妈妈想让她知道，只要肯努力，她的复杂会让她有所作为。

凯特仍然简单随和，整天在自己的前院里晃来晃去。她的简单中带有几分神经质，但起码还是简单，索尼娅如果能像凯特那样赶走身上的魔鬼，也可以做到那么简单。但索尼娅把感情藏在心里——而不是像凯特那样把它们藏在车库后、阳台上或屋檐下——所以才会去找埃伦按摩。埃伦会把温暖的手放在她身上，解开纠纠结结，让她注意到她的身体就在这里，活生生的，伸手可触。这是其他人靠男朋友解决的事情，是男人们靠找妓女解决的事情；索尼娅则只是选择了瓦尔比的一名按摩师。她有温暖的双手，偏爱替代性的世界。这是她对埃伦的解读，因为埃伦也解读她；在她们的关系中，不管她是什么，都总是应该另有其意，这让她没有安全感。不过她还是再三去找她。被人研究是一件美妙的事情，索尼娅想，而凯特甚至再也不能好好拥抱。她的拥抱变得敷衍无力，最多会用潮湿的脸颊轻触你一下。凯特好像看出索尼娅出了问题，她的眼神总是躲躲闪闪。她们偶尔会互发信息，但凯特的信息中没有什么实质内容，多半只会发个笑脸；如果索尼娅拨打座机，接电话的又几乎是弗兰克。如果她决定拨打凯特的手机，她姐姐总是站在超市里，用力踏着脚。她没有时间。她要去什么地方。她在挑选牛油果，在检查保质期，在招呼店员过来。仿佛索尼娅身上有什么东西让凯特感到害怕，尽管索尼娅认为自己并不是一个可怕之人。如果说有谁让我感到恐惧的话，那就是约斯塔，索尼娅看着桌上的手稿，心里想道。他书中的那些强奸案，以及他作品的销售量，都让我感到恐惧。但凯特并不害怕约斯塔。当她从养老院值完晚班回家时，对那个可能藏在门后的性侵犯怎么样？凯特会在约斯塔作品的字里行间拼命对付他。如果说姐妹俩还有一个可以碰面的地方，那就是在约斯塔·斯文森的小说里，因为正是由于索尼娅的努力，凯特现在才可以埋首于一个用丹麦语描绘的井然有序的罪恶世界中。读约斯塔的作品时，凯特可以嗅到死亡的气息并安然置身事外。约斯塔的小说总是以一起谋杀案来拉开序幕，凯特对自己的厌恶可以通过这些谋杀案而找到宣泄口。她还对她们的妈妈说，她为索尼娅认识约斯塔而感到自豪。"凯特真的很喜欢你，"妈妈在电话里告诉她，"关于那个犯罪小说家的事儿，她觉得太棒了。"

但索尼娅现在很少与凯特本人通电话。

她从镜子前挪开身子。今天是星期天，该出门了。她但愿自己能找到一个紧急借口，但天气这么热，她还能干什么呢？鹿园里有树，不仅有树，还有在那儿消遣的普通人，于是索尼娅在背包里装了一个水瓶，走进宁静的酷热中。

埃伦住在瓦尔比的一个居民区，那儿离索尼娅的住处不是太远，她可以看出住那儿的人很有钱。他们今天为自己的孩子们建造树堡，明天又为自己建造设计感十足的阳光房。在没有前任保罗——也就是说某个男人——或中大奖的情况下，索尼娅永远不可能住在这种地方。她知道这可能是酸葡萄心理，但这一带确实让她感到不适：那些超大的车棚，各种扩建，原本精致典雅的独户住宅长出多余的房间，变成中产阶级的豪宅，等等，都不对她的胃口。索尼娅注意到埃伦没有车棚，不由得略感欣慰。埃伦把车停在街边，等着她。

埃伦的车是银色的，她穿着徒步旅行的服装和鞋子。

"你愿意参加真是太好了。"

汽车内部往往有些陈腐的气味，但埃伦的车里没有，它看上去似乎被用吸尘器清洁过。

"这是新车吗？"索尼娅问。

"这取决于你对'新'的定义。"

索尼娅飞快地瞥了一眼后座，看看那儿的情况。后面有一条毯子和一个枕头，接着，埃伦没有检查盲点就把车从路边开了出来。她们上了路，外面很闷热。埃伦说这种天气让人不知道该穿什么衣服。空气很潮湿，可能会下雨，后视镜上挂着一个十字架，上面镶有人造宝石，汽车行进过程中，它剧烈地晃个不停。

"你是什么时候拿的驾照？"索尼娅问。

"哦，三十岁左右吧。"埃伦回答。

"你觉得拿驾照容易吗？"

"嗯，不是太难。"

汽车加快速度，开上一条出口和入口并列的坡道，福尔克说过，从理论上讲这种地方是最危险的，因此索尼娅一动不敢动。她看了看埃伦踩在踏板上的脚，还有她那双勤劳的手，没有什么可害怕的。索尼娅告诉自己，埃伦是务实主义者，是那种对有形事物很有掌控力的人。她还认为我应该用双手在头顶搭一个漏斗，好让宇宙把能量注入我体内，这表明她还能掌控无形的东西。

"我觉得学开车很难。怎么讲呢，"索尼娅说，"比如，我不会换挡。"

埃伦有义务保守秘密，在她面前，索尼娅觉得自己仿佛一丝不挂，很不自在。实际上，埃伦不得在诊所之外谈论在诊所里听到的事情，而现在她们坐在这里，必须在工作上的私聊和普通的闲聊之间划出界限。埃伦曾经宣誓要保密，这一点可以让尤特那样的人学习学习，但这条界限终归是模糊不清的。索尼娅不知道说些什么。她从包里拿出水瓶，埃伦则一边闲聊，一边超了一辆十八轮的大货车。将病患的身份带到私人交往中并不容易。索尼娅从来不愿成为一个需要别人照顾和帮助的人。事实上，她总是躲开那些要求她适应的人。在她们年轻时，凯特尤其喜欢管闲事。"别哼哼唧唧了。"她一边说，一边帮索尼娅拔着眉毛，因为眉毛应该高一点儿，更靠近发际线，刘海应该烫一下，鞋子和裤子应该与班上其他的人保持一致，但索尼娅有时会穿着她的黄色木屐出现。有时甚至更糟，她和她的黄色木屐会一起消失掉，跑去本不该去的地方。"她又跑到麦田里坐着了，爸爸。"凯特说，并将身材高大的妹妹拖进厨房。然后索尼娅会被好好地数落一顿，因为看在上帝的分上，她不该去麦田里坐着，麦田不是玩耍的地方，是等着收割的地方，如果她在里面睡着了，而收割机突然朝她开去，会很危险。"但我真的没有在那儿睡觉。"她申辩道。"那你在那儿干什么呢？"凯特会问。

索尼娅一直无法解释。不管是向爸爸，还是向凯特，她总觉得正是因为这样，她才成了一个怪人。

索尼娅吸着水瓶，埃伦则滔滔不绝地说着，高速公路不断向她们身后闪去。南边的天色越来越暗，看上去像要打雷。"南边要打雷，母牛快牵回。"爸爸常说，而且他说得没错。索尼娅不明白其背后的逻辑，但这显然是一种天气现象。如今，她了解得最多的是如何把尸体抛进水沟。尸体常常被抛进水沟、深林、石灰坑和垃圾场。在斯堪的纳维亚半岛的公用土地上，到处都有妇女和儿童残缺不全的尸体，它们躺在那儿慢慢腐烂着。索尼娅有时会乘火车跨越厄勒海峡，去瑞典转转，但从未在那儿碰到一具尸体。想到仅仅在于斯塔德[1]，就有那么多人死于非命，你会不禁奇怪。

"你也看犯罪小说吗？"索尼娅在一阵紧张的沉默后问道。

是的，埃伦必须承认，她喜欢精彩的犯罪小说。斯蒂格·拉森[2]的小说她全都读过，还读了约斯塔·斯文森的一部作品。

"哦，我更喜欢斯蒂格·拉森。"她说。但这肯定只是因为上次按摩时，索尼娅责怪约斯塔弄伤了她的手腕。因为很显然，埃伦肯定是一位约斯塔迷。约斯塔大获成功的一个重要原因，就在于他牢牢抓住了女性读者的心。那件粗花呢外套，还有那些他在雨幕中的照片。

---

[1] 瑞典南部的一座海滨小城。

[2] 斯蒂格·拉森（1954—2004），瑞典作家与新闻记者。曾任职于瑞典中央新闻通讯社，工作之余，投身于反法西斯主义的活动。代表作有《龙文身的女孩》。

索尼娅的下巴很僵硬，特别是右侧，很难放松下来；而埃伦的话又太多，主要是关于她昨晚吃了什么，以及瓦尔比的哪些蔬菜水果店不能去，等等。她还说，你有时听说的那些在高速公路上逆行的司机其实是在找死。他们与那些不系安全带，一头往高架桥或水泥柱上撞的人没有两样。逆行的司机属于不愿负责任的那类人，不想别人认为他们是有意为之。他们就是这么想的。索尼娅摩挲了一下自己的下颌骨。通常情况下，喝点儿水或滴一点儿薄荷脑滴液就行，但她的滴液已经全部用完，所以只好在嘴里含水漱了漱，这可以缓解疼痛，而且她们很快就到了，因为不知不觉中，埃伦已经把车拐进卡拉姆堡车站旁边的停车场。

"好了，我们到了。"埃伦说着，下了车，站到人行道上，"其他人在咖啡馆旁等着呢。"

埃伦不用指路，索尼娅对卡拉姆堡车站十分了解。她对巴肯游乐园[1]有一种秘而不宣的喜爱，那座古老的游乐园就与鹿园相邻。那里有一家面包店，在那里，你可以花很便宜的价钱吃到大块的蛋糕。店里散发着从后面的卫生间飘来的尿骚味，但没关系，因为巴肯本来就有一种家的氛围。索尼娅无法向埃伦解释这些，因为埃伦出生于韦斯特布罗——当时它还不是一

---

[1] 建于 1583 年，是世界上最古老的游乐园，在哥本哈根的北面，只要 10 分钟的车程，是仅次于蒂沃利公园的丹麦第二大最受欢迎的旅游景点。

个时髦的区域，而她的父母、祖父母、曾祖父母也都通通出生于哥本哈根，降生在这错综复杂的街道与鳞次栉比的建筑中。

是埃伦想出了这个远足冥想的主意，她和一位女性朋友设计了相关环节，并说好要发动各自的关系网。她现在的样子像是去参加一场口试，索尼娅想，而且她有一种冲动，很想握住埃伦的手抚摸几下。告诉她不用怕，不用怕那些找死的司机或其他的女人，但最终她们只是一起穿过停车场，背包在背上来回摆动。再说，索尼娅有什么资格开导别人？她自己心里都七上八下的。她的腿很不安，随时准备开跑。她还有点儿想哭。埃伦的不安全感让一切都变得很不确定。一个把手放在你心脏后背的人不应该没有把握。

# 4

索尼娅在哥本哈根生活一年后，有了一个发现。某个周末，她回到巴灵，向妈妈借了自行车。她想去可以看到赤鹿、天空和地平线的野地。一直走到尽头。但她到达那里后，却感到一切都是空空的。她仿佛一丝不挂地站在一个池水被抽干的泳池大厅里——又像立在一间回音室里，而这不是以前的任何一间回音室。她渐渐意识到，肯定是她的大脑在作怪，因为当初搬到哥本哈根时，那座城市曾让她难以招架，各种声音、面孔和气味似乎都乱糟糟的。她记得自己戴着耳塞和眼罩躺在床上的情景，莫莉躺在隔壁房间里，芳华正茂，索尼娅却不得不关闭自己。她调低了大脑中那个让她充分体验这个世界的旋钮，而一旦将它几乎一调到底，不管是荒野、林场还是头顶的天空，就全部变成空白一片。于是她又骑车回家，回到她妈妈身边，带着失落，也带着一份希望：旋钮既然可以调低，应该也可以重新调高。

可以吗？

如今还可以吗？

现在，索尼娅和其他女人站在这里。她们站在卡拉姆堡车站的咖啡馆旁等候。大家都穿着轻便的夏装和舒适的鞋子。在她们身后，远处的天空开始变得阴沉起来。索尼娅看了看那些大树，北西兰岛的大片乡村都遍布着这种大树。目光所及之处都可以看到避雷针，还有干草地和太多的人，但没有公共水龙头。索尼娅喝光了瓶里的水。她能听到，在远处的某个地方，有人被抛到空中发出的尖叫声。

"这位是索尼娅，新加入的。"

埃伦明显很紧张，索尼娅不喜欢这样。

"我们先去鹿园，"埃伦说，"到那儿之后，我再给你们交代一下具体情况。安妮塔今天会协助我。"

一个金发圆脸、身材娇小的女人举起了手，她把自己安排在人群后面，准备将她们往前赶。

"我们走吧！"

于是她们出发了，说说笑笑地从车站走到鹿园的入口。埃伦引导大家在马粪中穿行，过了几百码[1]后，将她们带上一条小道，然后停下脚步。

"我们接下来要做的就是安静地步行，"埃伦开口道，"安妮塔会走在最后，这样你们都不会掉队迷路。步行时，我们要向大自然敞开自己的感官，摸摸苔藓，拔拔草，闻闻树皮，等等。我觉得你们还应该试着让自己的骨盆变重，把全身的重量都下沉到骨盆，让它支撑着你，就像你坐在自己体内，同时又在行走一样。"

女人们坐在自己的骨盆上，手臂按照埃伦在空中勾勒出的形状划着大圈。这些女人的手臂时而扑下去，时而挥起来，就像索尼娅当年坐在野地尽头所看到的大天鹅的脖子一般。那些天鹅会抬起喙，喉管里发出悲伤的声音。这叫声不像麻鳽，因为麻鳽的叫声更像风吹过她挂在稠李树上的绿瓶子的声音。那种声音像是来自他们下方的某个不明位置，来自大天鹅和索尼娅的下方，而大天鹅反让那片风景明丽了几分。那些长长的脖子啊，索尼娅一边想着，一边扭动手腕——她最多只能做到这一步。如果此刻是独自一人，她可能会哭出来，但明显不是。她困在这种情形中，为难着，这时埃伦抖动着手臂，以示锻炼结束。

---

[1]　英美制长度单位，1 码合 0.914 4 米。

"我和安妮塔之前去查看过，"她说，"我们在公园深处找到了一片合适的空地。到那儿之后，我会指导大家进行冥想。我想你们都带了垫坐的东西吧？"

女人们指指各自的背包。

"还有什么问题吗？"

索尼娅有几个问题想弄清楚，但她先得把握住自己，她跟着众人迈开步伐。女人们都朝鹿园深处走去。埃伦领头，安妮塔殿后，中间加上索尼娅有七个女人。她想稍稍走到一旁，但身为团队中的一人，你很难表现得不像其中一员。女人们劲头十足地忙乎起来。前面几位已经弯下腰去捡树枝，一个短发女人剥下了一块树皮，在仔细闻着。女人们开始互相鼓励。打开感官体验自然的做法扩散开来。她们走了两百码，一路上抓了泥土，闻了手指，捏了灌木，挤了浆果。

就连索尼娅也找到了一块苔藓。她手里拿着苔藓走来走去，摆出参与其中的样子。苔藓下面感觉很潮湿，她的手掌可以感受到它的湿气，她也闻了闻苔藓；它散发着性的气味，她想。是的，它散发着堆肥厕所、学校营地和秘密堡垒的气味，散发着报废的汽车内饰的气味，以及果汁瓶盖的酸味，还有穿着脏内衣的孩子们的气味。她想起在冷杉林中蜿蜒的那条老碎石路，路中间长着苔藓，两边车辙里，碎石被搅进了沙土中，半掩半露。沿着车辙走很容易摔跤，但你可以走在中间，从干草茎和一丛丛石楠中走过——这一点她至今还记得。所以你就是从那儿走的，当时可能是冬天，先是穿过林场，然后走到一大片露出天空的旷野。头顶上方的宇宙敞开着怀抱，她穿着黄色木屐，在那片风景中逛来逛去。那双木屐是爸爸在巴灵的一家木屐店里买给她的。其实她更喜欢红色的，但大家都买红色的，所以店里只剩下黄色的了。在巴灵的木屐店里，孩子们的手指间会夹满太妃糖。"把手放到柜台上。"木屐匠会说，然后你就得张开手指。木屐匠会在你的手指间塞太妃糖，那是他在德国买的便宜货。你的指蹼绷得紧紧的，有些发白，让指间塞满绿纸、黄纸、红纸包着的太妃糖。但是这世上有各种各样的大人，也有各种各样的孩子。例如，索尼娅经常会坐在某个偏僻之地的草丛中，要不就会坐在麦田里，那里有某种东西。她无法向哥本哈根的任何人解释那是什么，也无法向凯特解释。对凯特而言，巴灵不该是你离开的理由，而相反是证明你当永远坚守在这儿的有力证据。何况在野地尽头还有大天鹅呢，到了冬天，它们会聚在一起歌唱。它们可能会越过林场飞走，但总是会回来，每当它们回来时，留在原地的鸟儿就会对它们歌唱，索尼娅把嘴巴张成 O 形，因为她也想跟着一起唱。

但她现在已经是成年人了，向她敞开的是记忆之门。因为风景之门不肯打开。

索尼娅扔掉了那块苔藓，她要小解。车里喝的那瓶水已经穿肠而过，她让自己落在人群后面。通常情况下，她宁愿蹲在树后或灌木丛中解决，但安妮塔并不知道索尼娅是否属于那种只能在厕所小便的人，对吧？她用手势表明自己需要小解，安妮塔指了指最近的灌木丛。索尼娅摇摇头，表示她没法在户外小解。

"试试吧。"安妮塔小声说。

"做不到的。"索尼娅小声回答，然后提议说她想跑到巴肯那边去。

安妮塔说她们真的不能等她了。索尼娅说没问题，她能赶上她们。

"但我们找到的是一片秘密的空地。"

"我对鹿园的地形了如指掌。"

安妮塔一时无言，但索尼娅等不及了。

"我真的得走了！"她小声说，并绕过安妮塔。

接着索尼娅跑了起来，朝巴肯游乐园的方向跑去。她四肢修长，双腿很瘦，双臂也一样。她身高差不多有五英尺[1] 十一英寸[2]。她的头发剪得很短，胸部很小，眼睛又大又蓝。"你真是个斗士。"她妈妈总是这么说，好像这是一种安慰。也的确是的，因为它让索尼娅能保持斗士的步伐，现在就保持得很

---

[1]  英美制长度单位，1 英尺约为 0.3 米。

[2]  五英尺十一英寸约等于 180.34 厘米。

好。她一直保持到了巴肯。实际上，游乐园入口处旁边就有一个厕所，但索尼娅继续往前，跑进了游乐园。爆米花的香味朝她扑来，空气中弥漫着柔滑的冰激凌黏糊糊的味道。她朝一家名叫"蓝色咖啡壶"的面包店奔去，迎面碰到很多周日来玩的开心游客，他们一些人的肩膀、脚踝和后腰上露着文身。到处都是气球、汉堡和用混凝纸做的建筑门面。游客们被弹射到空中，大声尖叫，半空里都是吱吱嘎嘎、大呼小叫的声音。莫莉喜欢用一种老套却很受欢迎的说法来形容这里——"真是一锅可怕的大杂烩"。她说："我去巴肯的唯一目的就是去嘲笑那些乌合之众。"因为她早已摆脱失败者的行列，如今住在赫斯霍尔姆；但事实并非如此，索尼娅去巴肯不是为了疏远任何人，她去那里是为了让自己感到放松自如。现在她走进那家拥有巨大蓝色咖啡壶的面包店，靠在柜台上。

"我准备点单，但是想先用一下卫生间——可以吗？"

可以，于是索尼娅走到用餐区的后面。她低头避开那些用于装饰的塑料山毛榉树叶，进了用复合板隔成的卫生间。在这里，她找到一个可以上锁的小隔间。以前在巴灵的中央文法学校也有类似的小隔间，她经常和玛丽一起去卫生间。她们会坐在各自的隔间里小便。有时，索尼娅想淘气一下，便开口唱"泉水在流淌，小溪在欢唱"，直到惹得隔壁的玛丽忍俊不禁。有一次，她们得去护士那儿体检，玛丽却忘了把尿样从家里带来，他们交给她一个原来用来装肝酱的旧锡箔纸盒,让她尿在里面。索尼娅陪她去了卫生间。她还清楚地记得玛丽苦着脸、把盒子放在双腿间的样子。由于她妈妈忘了叮嘱她把尿样从家里带来,最后让玛丽十分难堪。

巴灵通常不缺尿,索尼娅坐在隔间里回想着。在田间地头、孩子们的床上、俱乐部会所的后面以及野餐区后的灌木丛里,到处都有尿。每当一条狗在地板上撒了尿,主人就会走过去,按住它的鼻子在尿里蹭一蹭。这是惯例。也是一种教法,索尼娅想,从中也许可以学到某些道理。她显然学到了,她一边轻擦眼泪一边想,并想起鹿园里的那些女人。她们的身体在碎石路上左摇右摆,但索尼娅逃走了。埃伦在寻找一片远离人群的空地——索尼娅不在那里——现在她们盘腿而坐,没错,埃伦坐在一块绒垫上;她太阳穴上的花白头发因为汗水而湿漉漉的,她的目光四下打量着。她已经向其他人解释过要用腹部来呼吸。她们都得闭上眼睛,专注于呼吸。沉默对她们有好处。有意识的存在将打开当下。可存在于当下却并不容易,总会有什么东西把你的注意力引开。身上某个地方发痒,或者担心有蜱虫,或者担心赤鹿。雄鹿马上要进入发情期了,到时候它们会在赫米蒂奇宫附近游荡,发出鸣叫和浓烈的气味。它们会在泥坑里打滚,会四处搜寻可以扑上去的雌鹿。它们可能很狂暴——不,不是狂暴,是野蛮。不,是好斗。不,是有很强的领地意识。

雄鹿有很强的领地意识。

索尼娅洗了洗手，用脚推开门。她走到店铺的另一端，在切块夹心蛋糕陈列区挑选了奶油最厚的一块，她还要了一杯咖啡。谢过服务员之后，她坐到一个角落里，掏出手机，开始编发短信：嗨，埃伦。刚才需要去卫生间，然后就找不到你们了——我真是个笨蛋。我会坐火车回去，别担心。抱歉啦！

短信发出去后，蛋糕变得更美味了。面包店门口聚集了很多人，他们拿着水瓶，汗涔涔的。天空呈现出一片硫黄色。面包店与旋转木马之间有一条小路，在小路的对面，有个孩子走了好运，她被选中可以坐一趟直升机。蓝色的小直升机一升一降，一升一降，一升一降。

机械降神 [1]，索尼娅一边想，一边把蛋糕吞了下去。

---

[1] 原文 "Deus Ex Machina"，指意外、突然、牵强的解围角色、手段或事件，这一说法源自希腊古典戏剧，当剧情陷入胶着，困境难以解决时，突然出现拥有强大力量的神将难题解决。

## 5

天地之间开启了一场盛大的交流。一架手摇风琴在缓缓演奏，吃角子老虎机的电子语音在喋喋不休，但索尼娅听到了背景里的心跳声。硫黄色已经消失，天空变成了紫色。在太阳最后的余晖中，过山车后面的树木发出愤怒的光芒。就在这时，闪电开始了。第一道闪电远远地划向北边。接着，又有几道闪电劈向了厄勒海峡。它们划过天空时，还不时短兵相接。人们尖叫着，跑到平屋顶下去躲雨。他们拿着薯条，挡着彼此的路，面包店里很快就挤满了人。他们坐在桌子旁，面前摆着一块块多层蛋糕和奶油夹心饼干，纷纷说着"真是闷热"，或者"这场雨来头不小"。

没有什么比打雷更令人惬意了，索尼娅想。以前在巴灵时，人们总是一边喝着清咖啡，一边透过天窗看打雷，而由于她家住在那里地势最高的地方，所以这闪电看着更可怕。爸爸说他们家无遮无掩，但闪电击中的往往却是下面邻居的家。玛丽住在那儿，她家的人属于国内传道会。国内传道会是某种教派，爸爸说过，凡是散发着宗教气息的一切，她都该躲得远远的。他噘着下唇，看着凯特和索尼娅，所以她们不难看出他很担心。有一次，索尼娅想尝试与玛丽一起去主日学校，她爸爸起初不同意，但为了睦邻友好，最终还是让步了。于是，她和玛丽坐在礼拜堂里，看着耶稣那些闪闪发光的小画像。玛丽的爸爸也在那里，当他们坐在厨房里往面包上抹红糖时，他总是寡言少语，但在礼拜堂，他却大声讲着话。当两个小姑娘与凯特一起在碎石场玩耍时，玛丽常常会倒挂在树枝上。"我们都看到你的内裤了！"凯特会咯咯笑着说。但当玛丽这样挂着的时候，她并不在乎自己的衣服是否还留在原来的位置。而当她在礼拜堂唱歌时，她闻起来就像索尼娅家厨房里消过毒的油毡。再后来，索尼娅的爸爸与玛丽的爸爸产生了一场边界纠纷，两人为地界线争得唾沫横飞。突然间，索尼娅再也不能去主日学校了，不过没关系，从某种意义上说，爸爸踩下刹车也并非坏事，国内传道会毕竟也不是太有趣。

　　人们不断涌进面包店，座位很快就不够用了，有人开始偷瞄索尼娅这一桌。一对略显疲态的夫妇走了过来，妻子留着烫过的短发，戴着一对金耳环，丈夫有点儿胖，穿着一件 T 恤。

他手机上连着一个小玩意，这东西的另一端牢牢地塞在他的耳朵里，其中一部分朝下伸到他的嘴旁，就像一只小胳膊。他不停地对着空气讲话，索尼娅不知道他讲话的对象到底是他妻子还是电话里的人。

"我们能坐在这儿吗？"女人问道。她的声音有点儿沙哑，皮肤因为防晒霜和尼古丁而呈铜黄色。

这简直是尤特的翻版，索尼娅想。她朝那个女人点点头。"我其实已经吃完了，但这天眼看就要下大雨了。"

"你说得太对了。"那个男人对着空气说。

索尼娅没有回应，尽管那个男人现在正盯着她。

"你在跟我说话吗？"她指着自己问道。

"当然是啊，我是在跟你说话。"他说着一屁股坐了下来。

他的声音也有点儿沙哑，他伸手去拿妻子托盘里的咖啡。

"我们从巴勒鲁普开车过来的时候，就看着快要下雨了。"女人说，"我告诉过弗纳，我告诉过他会有雷雨，但弗纳说它们几乎总是向东，会转移到瑞典去。"

"南边在打雷，母牛快牵回。"

"你说什么？"弗纳说。

"我老家那儿有个说法：'南边在打雷，母牛快牵回。'意思是雷雨正在向北移。"

来自巴勒鲁普的夫妇不太自在地看着索尼娅。

"反正这天气很糟糕。"索尼娅说。

巴勒鲁普人点点头。接着，他们跟她说起 2011 年那场特大暴雨，以及保险理赔的情况。那是一个错综复杂的故事，索尼娅看着店外小路对面的旋转木马。那里已经空无一人，但还在旋转。孩子们已经下马跑走了，现在那些没有骑手的木马在倾盆大雨中腾跃着。对于任何抓住机会的人来说，旋转木马就像一个自动转盘。索尼娅自己倒不反对去坐一坐。按自己的意愿行事，去感受自己的存在，忠于自己的内心，那会是一件开心的事情。

索尼娅看着旋转木马。她从六岁——也可能是七岁——时起就再也没有坐过它了。当时，她说着一口日德兰话，这么说并没有任何嘲讽之意。现在她已经不知道自己说的是哪里的话了，只注意到那个女人的视线在房间里扫来扫去。她的目光不肯在任何地方停留，索尼娅的目光不由得随着她移动。就这样，她们的目光不停地在"蓝色咖啡壶"店内的一张张面孔中游移，而来自巴勒鲁普的女人则谈论起保险公司如何想欺骗他们。

"我们把弗纳的乐器放在地下室里，"她说，"它们全毁了，但我们也确实得到了赔偿。"

弗纳口里塞满了蛋糕，索尼娅只能通过点头来证实女人的话。索尼娅问，是什么乐器受了影响。

"哈蒙德电风琴和架子鼓。"女人一边说，一边用餐巾纸擦了擦嘴。索尼娅参加过的聚会上，也曾经有弗纳这样的人——他们坐在角落里，当冰激凌被送进来时就吹响小号。索尼娅曾经手捧冰激凌，欣赏粘在上面的彩色糖针，还跟着唱过弗纳奏响的副歌，唱过"鸡笼着了火，公鸡不肯走"，等等。有一段时间，凯特曾经在教堂帮忙分发食物，时至今日，当他们需要额外的人手时，她可能还会去。但想当初，当弗纳为冰激凌的登场而演奏时，凯特穿着上过浆的白衬衫站在那里，她的脸被来自下方的光照亮，羞怯地微笑着。那时候的凯特是多么可爱！

巴肯游乐场上空雷声轰鸣，面包店周围成了一片汪洋。

"我想我还是得冲出去，"索尼娅说，"我其实是和一群人来的，他们在树林深处，不是很安全，所以我在想——"

"是啊，你说得一点儿没错。"那个男人说，接着，好像有人给他打来了电话。

"喂！你好！"

在雷雨天里，手机离头部这么近很不安全。有一次，凯特班上一个男生的父亲在雷雨天打电话。当时的电话线还没有埋入地下，闪电击中了其中一根线。一股突如其来的巨大电流瞬间穿过听筒，传到男生父亲的身上，那位父亲当场倒地。在救护车到来之前，他们对他进行了心脏复苏抢救，却无力回天。凯特九年级时与那个男生约会了几个星期。索尼娅觉得自己还记得那男生和凯特坐在家中角落里那张沙发上的情景，凯特穿着粉红色上衣（她当时是多么可爱），但是现在，即使还有电话线，也全都埋入了地下。

一切都会过去，索尼娅每次读到生她养她的家乡的情况时，它都被写得越发萧条破败。那种生活方式已经成为历史。报纸上说，哥本哈根变得越来越大。一个来历不明的房地产投机商在电视上简要介绍过这种趋势。一艘正在沉没的轮船上，一座已经关闭的屠宰场里，有幽灵在飘荡。记者们描绘了一幅不堪入目的景象：哥本哈根的公园里挤满了婴儿车，一大群手里牵着狗、眼里带着乡愁的母亲，推着它们到处转儿。索尼娅想，应该有人发起一场抗议。羞辱那些乡下只是一种隐蔽的驱逐方式，对吧？

索尼娅已经走到门口，但是由于浑身透湿的人都想进去，她好不容易才挤出去。她走到门外，加入一群在平屋顶下躲雨的游客之中。通往巴肯演艺大舞台的小路已经变成一条小溪，一个女人穿着湿透的帆布鞋在鹅卵石上摇摇晃晃地走着。无人照看的孩子们脱了鞋子，在蹚水嬉戏，索尼娅如果不是成年人，也会加入其中，或者说如果索尼娅的脚没有缺陷的话，她会加入其中。埃伦总是说："你的脚不想抓地。"但索尼娅现在弯下腰去。她脱掉鞋子，把它们塞进背包。她在湿润的鹅卵石上扭动着脚趾。这双脚并没有不开心，这双脚并非不敢面对挑战。

它们可以做到，索尼娅知道，她的脚抓住了地面。它们抓得很好，接着，她光脚走了出去，走在巴肯的地上。大雨倾盆而下，下水道已经缴械认输，但索尼娅往前走着。她发现光脚走路是一件看上去很勇敢又令人愉快的事情。她走过嘉年华会的转盘和卖毛绒动物的摊位，走过打靶的帐篷和摆有超大糖果的玻璃橱窗。几只马蜂紧紧地叮在糖果上，那个本该卖糖果的姑娘将自己裹在斗篷里，只有一双眼睛露在外面，正望着其他地方。在那姑娘身后，在她的正后方，是碰碰车。

如果我是弗兰克，索尼娅想，我就会去体验一下。可我是个四十多岁的女人。独自一人在巴肯。光着脚，而且还不会换挡。

索尼娅盯着碰碰车。它们在装有顶棚的场地上横冲直撞着。所有的车都坐满了人，爸爸们玩得很开心，妈妈们则抱着奖品站在干的地方。

是啊，她想，我不会自己换挡。

# 6

索尼娅坐在福尔克的办公室里。由于绕了不少弯路，她花了很长时间才到这里。她穿过腓特烈斯贝花园，沿着老国王街走了很远，又掉头返回，然后才走进福尔克驾校所在的小街。现在已经五点了，她想赶在尤特回家和学员们来上理论课之间的短暂间隙找一下福尔克。她在办公室外排队等候了一会儿。福尔克的办公室几乎总是人流不断。年轻人难免会忘记交钱或签字，而那些被吊销驾照的人往往会选择在一些非常规的时间来处理这个有失面子的问题，所以她觉得自己像头想找个针眼穿过去的骆驼[1]。不过此刻索尼娅已经坐在福尔克对面的椅子上了。她问能否跟他私下谈谈，于是福尔克关上了门。

---

[1] 比喻拥挤，难以通过。典故出自《新约·圣经·马太福音》，耶稣对众人说："我又告诉你们，骆驼穿过针的眼，比财主进神的国还容易。"

"我不会自己换挡。"索尼娅说，尽管她原本没打算这样开口。

"是吗？"福尔克说，"问题到底出在哪儿？"

"处处都是问题，或者更确切地说，主要是因为尤特。"

"尤特？"

"是的，我相信对年轻学员来说，她是个好教练，但对我这样年纪大的人，我觉得她不太合适。"

福尔克身体前倾靠在桌子上。他身材魁梧，虽然是个光头，却留着一副醒目的胡子。他的面孔开朗而有生气。他在胡子上颇下了一番功夫，这丛胡子像个倒锥体般从他的下巴上垂下来，越向下越细，但整体却非常浓密，仿佛原本长在头上的毛发滑到了下巴底下，现在正指向他的另一处男性体毛。他的腿伸在桌子下，它们很长。那驾驶教练的大肚子上套着一件连帽衫。福尔克站立时，就像一只肥胖的鹳，而坐着时，则像一个快乐的信奉异教的维京人，也可能他只是像他自己，而索尼娅喜欢这一点。

"尤特怎么了？是因为她那张大嘴，还是别的什么？"

"主要是她动不动就发脾气。她不让我来换挡，那我怎么学得会呢？每次跟尤特出去学车，我都筋疲力尽，回家后只能躺在沙发上，而这些课并不便宜。"

"尤特只是刀子嘴豆腐心，"福尔克一边说，一边往后靠到椅背上，"她的话你不用太当真。"

"还和别人起了争执。"

"起了争执。"

机不可失，时不再来。于是索尼娅把在西部公墓旁那个十字路口的跨文化冲突全盘托出。连尤特按喇叭的细节也没有落下。恐惧，恼怒，大发雷霆；尤特抱怨这是要毁掉她的车。等等等等。福尔克应该了解这一切，他坐在那里，皱着眉头，神色忧虑。他看起来在认真倾听索尼娅的话，尽管她其实并没有想那么多……

"我想跟你学开车。"

福尔克的手指抚弄着他那无可挑剔的大胡子，解释说，他现在其实很少带学员练车了，他负责理论教学和管理工作，而且大凡学员方便的时间，他往往都不在学校。

"可我在翻译瑞典的犯罪小说。"索尼娅说。

"我不明白你的意思。"

"我的意思是，从某种意义上说，我是自己的老板，所以我可以就你方便的时间来学车。"

福尔克不再犹豫，微笑着拉开一个抽屉，里面是他的日历。

"那就这么办吧，你不用担心尤特，我会给她打电话的。别为这事儿烦心了。这是我应该处理的事情，是我的责任。我会教会你换挡的。"

索尼娅几乎要热泪盈眶。事情太出乎意料；她喉咙哽咽，恨不得放声痛哭。福尔克的双手在桌上高效地移来移去，她很想抓住其中一只。握紧它，发自内心地说声"谢谢"。索尼娅意识到自己的脸涨红了，因为这类事情很少发生。也许未来也不太会发生——居然有人祝愿她一切顺利。她已经习惯于自己处理各种事情，而且对付得还很不错，但福尔克居然从抽屉里拿出日历，正视这个难题——这是索尼娅意料之外的。她没有想要通过打苦情牌去达到什么目的，她没有这样。拿驾照的目的根本不是为了找个人来帮她开车。恰恰相反，而且再者，她听说福尔克娶了一位医生。她不明白他是怎么做到的。但他娶了一位医生，这是个好迹象，索尼娅想。他现在正对着她微笑。

"你刚才说犯罪小说？你翻译过斯蒂格·拉森的书吗？它们写得真棒。或者那位约斯塔·斯文森？我妻子是约斯塔·斯文森的忠实粉丝。"

索尼娅张了张嘴。她的皮肤不再涨红，但她只能控制到这一步。福尔克给了她一张黄色的纸条，上面写着她下一次上驾驶课的日期和具体时间。

"那就星期四。"他微笑着说，"我会跟尤特沟通的。你现在只管回家休息好了。"

然后他就伫立在她的面前，就在驾驶教练的办公室里。他比索尼娅要高，穿着连帽衫站在她面前。

　　"过来！"他张开双臂说。

　　索尼娅投进福尔克的怀里，他有力的双臂像父亲一般，把她紧紧地搂在胸前。她无法说话，因为她几乎要哭出来了。她还感到难为情。她还没回答关于约斯塔的问题，但那一刻转瞬即逝，福尔克又把她推开了。

　　"星期四。"他说。

　　"星期四。"她跟着说，同时决定下次见面时带上几本约斯塔的书。

　　到时候他会很高兴，他妻子也是。这样就可以划清界限，在车里就不会产生误会。

　　是因为那个拥抱；有点儿过于亲热了，同时又令人愉快。这事儿出乎她的意料。现在她感到不知所措，脸上很不自在。她觉得自己就像要接受坚信礼[1]，而外面还有一群人在排队等待进来。一长队拿着作业和护照本的年轻人。福尔克把门打开，让他们往里走，再往里走。索尼娅晕乎乎地穿过被刷成宝蓝色的理论课教室，她能闻到家具上萦绕的尤特的气味。尤特很快就会知道索尼娅背叛了她，换了老板福尔克当教练。这听起来

---

[1]　一种基督教的礼仪，象征人通过洗礼，巩固了与上帝建立起的关系。有些教会学校会组织学生排队参加这种授礼活动。

很没面子。之后她会给索尼娅一顿臭骂吧。然后人们会发现索尼娅从未得到过医务官的健康许可，她说是耳朵方面的毛病，但说不准还有别的问题。

别的问题?

索尼娅走到门口的台阶上，进入一片缭绕的烟雾中。一些举止粗鲁的学员站在一旁，正赶在课前抽几口烟。尤特白天如果在的话也会这样，但此时此刻，有位学员正在讲她的一次上课经历。她演示自己如何把方向盘打得太快。她的动作很夸张，为了避免被她的烟头戳到，索尼娅不得不飞快地低头闪避。刹那间，位置性眩晕发作了。

眩晕往往会由看牙姿势或弯腰过快引起，索尼娅不得不抓住一旁的栏杆，帮助自己将头部恢复到正常位置。当她的头部恢复原位后，世界也稳定了下来。世界恢复了原位，但确实震动过。索尼娅往前走了几步，来到人行道上。她不希望那些吸烟者中有人发现异常，毕竟给驾驶造成问题的并不是眩晕本身。只要能让头位摆脱引发眩晕的那个角度，她就能让自己站稳。问题是在随后的几个小时里，她的视线会有点儿模糊。在车里不算太坏，不过也可能更糟。她的外婆可以开车，她妈妈也可以。她妈妈第一次头晕时，去看了医生，他让她躺在检查台上，摇晃着她的头部，结果激发了一次剧烈眩晕。她的眼球不断震动，双手在空中乱抓，医生赶忙紧紧按住她。他告诉她，她得在那儿躺几分钟，以便"让石子沉降下来"。

这种办法管用了一段时间，但后来眩晕自然而然地又复发了。凯特和弗兰克结婚那天，妈妈的头撞上了汽车的门框，眩晕复发了。当时他们在教堂旁的停车场上，幸亏到得很早，他们以忘了什么东西为借口，让爸爸开车把妈妈送回家。索尼娅并不知道出了什么事儿，但这可能得怪凯特坚持要她穿上的那条柠檬黄的筒裙。妈妈觉得自己可以对付位置性眩晕。她想，医生在她身上用过的手法，她在家里显然也可以用。她将餐桌上的桌布拿下来，然后小跑几步跳到桌上，以便让自己能头部微微后仰地趴在上面。其中的难处在于她的身体要落得恰到好处。如果把握不好，她的头可能会撞在桌子上。或者更糟的是，她可能会越过桌面，落在另一头的地板上。但一旦成功，她就只需要让头部在桌子边缘向后仰起。于是穿着杂色裙子的妈妈小跑几步，跃到桌上，完美着陆。眩晕向她袭来。"但那些石子必须沉降下去。"当她事后站在教堂里看着凯特从红毯上走向弗兰克时，曾经这样解释。

索尼娅沿着街道往前谨慎地走了一段距离，一直走到在福尔克驾校看不到的地方，她才在一处台阶上坐了下来。有很长一段时间，她以为自己摆脱了眩晕症的困扰。她一度甚至觉得是搬到哥本哈根起了作用。她本来以为眩晕像一种社会问题或传统，是可以被打破的。但后来有一天，她站在公寓门口，准备弯腰去系鞋带。就在弯腰的那一刻，位置性眩晕突然发作了。她猛地撞上门框，一头栽进了厨房，碰在炉子上，好不容易才让自己摆正头位，使冰箱不再移动。

发病了，她当时想，于是去看了耳科医生，医生扶着她的头一阵摇晃。"这并不危险，"他当时说，"只是你耳朵里有些小石子在乱跳。"

而那些石子得沉降下去。

索尼娅想一直坐在这里，直到头晕目眩的感觉完全消退。她为自己做了一件好事，对吧？尽管接下来还得过尤特这一关。对尤特的暴脾气来说，索尼娅的做法无疑是往火上浇油。只要索尼娅显出任何有问题的迹象，尤特就会让医务官来对付她。如果是尤特说了算，索尼娅将永远不会换挡，她甚至不能学开车，她会被剥夺某种权利……是的，尽管索尼娅也说不清具体是什么，但总而言之涉及某种权利，它像发生故障的荧光灯一般在她的眼睛后面闪烁着。她想起穿着运动服的妈妈的样子，蓝色的运动服闪闪发亮，妈妈的脚步快速移动，她是全队的明星。她可以跳劈腿，可以像陀螺一样旋转。她如此光彩照人，以致爸爸完全无法移开视线。他对这样一个姑娘简直百看不厌。爸爸拔腿就跑，他拔腿就跑，往前伸出一双大手，疾步穿过体育馆。他想奔向妈妈所在之处，并且想到做到。他来到穿着闪闪发亮的运动服的姑娘身边。她就像一只翠鸟，他想，而翠鸟往往难得一见。当它们像箭一般飞向空中时，会发出尖叫，当爸爸那双发红的大手握住她的腰时，妈妈也叫出声来。然后她身子一沉平静下来，他本身就是地心引力。"你的胳膊很有力。"她对他说。

的确，索尼娅一边想，一边从台阶上起身。胳膊有力，精子优良，因此索尼娅现在站在这里，站在这广袤世界的中央。

她感觉好了一些，所以现在想慢慢走回家。她沿着老国王街静静地往前走，然后在一家发廊的橱窗前停了下来。橱窗里摆着两个人头模型，一男一女。自20世纪80年代中期以来，它们的假发就没有更换过，眼镜的镜框看上去也有点儿诡异。在它们后面不远处，一个烫着银发的女人在一边走动，一边剪着头发。她在客人面前放了一杯咖啡。理发用的围布是亮橙色的，索尼娅可以看到发型师在聊天。她的剪刀忙个不停，舌头也没闲着。两天后才是星期四。两天后，福尔克会教索尼娅换挡。

我们每次出去开车，他都会拥抱我吗？她心里想，我不管做什么，所得都一定要超出预期吗？

　　一条小径通向麦田，田里都是黑麦。麦子长得高过了头顶。有少量麦秆倒在小径上，这是一条秘密小径，原本是拖拉机的车辙。人们的脚可以跟着它前进，她的脚就是这样。然后，就只需要跟着黑麦走了。你只能沿着麦秆折断的地方走。如果你只是从那些地方走，踩出的小径就会十分隐蔽，几乎看不出路的痕迹。随着时间流逝，你走得多了，就会折断一些麦秆，把小径踩成小路，然后一路向前，直到麦田深处。麦穗上有长长的麦芒。麦秆一节一节的，长得很长，以致有时麦穗会碰到你的脸，甚至脚下的沙土。这沙土土质很硬，混着很多石头，易于行走。她穿着黄色木屐，一步步前行。装着果汁饮料的水壶塞在她的腰带里。索尼娅像田鼠一样，在麦田里转着圈。她自己开辟了这条小路，这花了她不少时间。在这里头顶的天空看上去无边无际。一团团云彩飘浮在高处，秃鹫停留在半空中轻轻颤动着。它可以像直升机一样在空中盘旋，也可以停在半空凝视着地面。它时不时地展开翅膀，大多时候，只有最外侧的翅尖在颤动。那只秃鹰像素描中的静物一般停在索尼娅的上方，而索尼娅正在去秘密洞穴的途中。那是一个小坑，曾经是片庄稼，被雨水冲毁后，又遭人踩踏，最后成了这样。即使是联合收割机也无法捡拾那里的麦秆。索尼娅在秘密洞穴坐了下来。外面的世界消失了，索尼娅像裁缝一样盘腿坐着。她脱掉黄色木屐，脚上只穿着袜子坐在那里。接着她拿出水壶，周围弥漫着甜甜的谷物的味道。她觉得自己现在很想唱一首歌，一首短歌，但是爸爸可能会听到，因为她不该待在田里。这里的麦子是要收割的，每一株都是庄稼的一部分。孩子们只有在被吩咐去找野生燕麦时，才可以去田里。"魔鬼创造了野生燕麦。"爸爸说，尽管他并不相信这一套。野生燕麦必须全部清理掉，否则就会播下与邻居不和的种子。玛丽的爸爸对杂草籽很苦手，而孩子们的身高正合适，特别是当田里种着大麦时。燕麦的麦穗悬于大麦之上，索尼娅像鲨鱼一般在麦浪中穿来穿去。爸爸弓着腰，跟在索尼娅后面，因为她的视野很好。总能从麦田的这一头看到那一头的野生燕麦，然后大声叫道："瞧，爸爸，那儿！"爸爸就像索尼娅在电视上看到的芭蕾舞演员那样踮着脚，从庄稼中穿过去。每一株都是钱，而且野生燕麦仿佛会逃走一般。随着"啪"的一声，爸爸将它连根拔起，然后小心翼翼地放进袋子里。接着他会朝索尼娅微笑。那是一种幸福。有一次，他们从麦田里走出来时，爸爸对她说："你真聪明。"索尼娅应道："我像一只小田鼠。"然后他把温暖的手放在了她的头上。

那种幸福不会挂在树上，而索尼娅现在正坐在韦斯特布罗，想不起来已经有多久没人把手放在她的头上了。就她的身体而言，埃伦唯一不关心的可能就是她的头了。她只是偶尔在索尼娅脸上的某些部位按摩一下，但那不一样。是的，不一样。而现在，莫莉出现在她对面的椅子上。椅子有点儿晃，莫莉正忙着在一条椅腿下垫一块硬纸板。她说今晚从家里抽身出来休息一下。接下来的几个小时里，赫斯霍尔姆的人们将不得不自己照顾自己了，因为她和索尼娅要坐在八月末的阳光中，好好地享受一顿美食。

索尼娅其实并不饿。如果仔细体会一下，她会发现自己有点儿反胃。绝对不是早期妊娠，哈哈！也不是肠胃炎。而是她在翻译约斯塔作品中特别暴力的一章时，喝下了太多的咖啡。那些腐烂的尸体，狂暴的射精，残缺的阴道，邪恶的仪式性装饰。每年夏天，当记者们问国会议员去乡下别墅度假时会带些什么读物时，他们总说会带约斯塔的书。那些政客除此之外什么都不看。从这种意义上说，他们很像凯特。凯特和政客们常常吹嘘自己读了多少部犯罪小说。生活在巴灵的凯特虽然从没想过要提升自己，却认为这些书很有教益。正因如此，她才告诉妈妈，她为其中有索尼娅的一份功劳而感到自豪。人们说："约斯塔揭示了底层社会的生活。"政客们说："看他的作品就像玩数独游戏一样。"一个用精子和蛆来填写的解谜游戏，而他们把它带到别墅去。他们坐进藤椅里，阅读关于黑色塑料袋里的尸块的故事。他们涂着防晒系数为50的防晒霜，沉迷于邪恶之中，犹如参加一场聚会。

我是西方文化这个巨大尸体上的寄生虫，索尼娅想，并感到一阵恶心。反胃，手腕酸痛，下巴紧绷，就像有什么东西真的想出来，却被强行禁止一般。也许那是索尼娅自己的残骸。为什么一直没有凯特的音讯？我出了什么问题？她到底为什么不能给我打电话？

接着，莫莉垫好椅腿后从桌下抬起头来。她那张小小的心形脸记录了又一段四分之一世纪的旅程。倒不是说索尼娅在她身上再也看不到那个高二学生的影子，她依稀还能看到。莫莉身上那种特别的热情与冲动，现在依然时隐时现，它们就像一堆正在慢慢熄灭的篝火中的木炭，在火堆深处继续发着光热。但是莫莉的行为准则和当时已不同了，而索尼娅对它们中的一些并不太认同。

多年前，她们的关系走到了一个十字路口，但在哥本哈根，其他人都不了解她们的过去。除了彼此，没有人可以滋养她们的根。知道莫莉的父亲是奶牛场老板的人寥寥无几，索尼娅则是其中之一，而莫莉也十分清楚，索尼娅是西日德兰半岛农业党成员的后代。每年夏天，那里的姑娘们会玩户外手球；到了冬天，她们会去体育馆。因为你别无选择，除非想参加童子军，而索尼娅和莫莉具有其他更大的潜力。索尼娅做过的最为艰难的事情之一，就是告诉爸爸妈妈她想去哥本哈根上大学。妈妈眼睛一亮，爸爸眼睛一暗，然后，索尼娅开始学习外语，莫莉也踏上了探秘心理学的转变之旅。莫莉全神贯注于开辟逃生路线。别人的，她自己的，还有蒂斯维利围栏的，因为有一段时间，她去那儿找了一位民间的老治疗师，一位女智者，就是她把算命师带到莫莉家的聚会上的。当时索尼娅靠在冰箱旁，听对方给自己算命。算命师穿着咖喱色长袍，睁着一双大眼，当然，莫莉的丈夫并不知情。索尼娅曾经是莫莉的幌子，用来掩饰她与一个自称是萨满的比利时人之间的风流韵事。莫莉跟着他跑到了哈勒斯科芬。他们在羊肠小道上疾走，背靠着树干搂搂抱抱，缠绵不休。比利时人抛撒着鼠尾草[1]，莫莉则抛撒着其他所能想象的一切，存在主义戏剧在她脑海中制造了丰富的裂面。而那位律师——莫莉的丈夫——为人坦诚，性情随和，

---

[1] 萨满教巫师常用鼠尾草进行占卜或治疗。

莫莉把他迷得不疑有二，他们的孩子们也能照顾好自己。莫莉的脸仿佛装上了铁栅栏，就是你在珠宝店前看到的那种铁栅栏。她可以一转眼就把它拉下来，这样谁也无法闯进去抢劫。这种本事让索尼娅害怕。

"我给你带了一样东西。"莫莉说。

她的椅子现在不晃了，但她又在自己包里翻了起来。她从里面找出一个小盆栽，是一株芦荟，还没有成熟，但索尼娅应该收下它，莫莉还从包里掏出一支烟递给她，尽管她很清楚索尼娅不抽烟。事实上，莫莉也不抽烟，但今天得放肆一下。我已经过了那个年龄，索尼娅想，并想起在巴肯游乐园的那个穿着湿帆布鞋的女人。她显然醉了。不仅醉了，她的鞋底还像草捆一样大。

"是株漂亮的小植物。"索尼娅一边说，一边转着花盆。

"是我家芦荟的分株。"莫莉微笑着说，并跟索尼娅讲起她的丈夫和孩子们。他们都忙个不停，特别是孩子们，总是来去匆匆，莫莉曾经说过她自己的爸爸无法去爱。

他会给牛奶进行均质化处理，会用巴氏消毒法给牛奶消毒，还会制作奶酪，这些奶酪熟化后非常美味。但回到家后，他却只会一身奶味地待着。他懒得跟孩子们玩，懒得陪一陪妻子，甚至懒得逗一逗狗，但他起码会把狗牵出去，在附近散散步，好让它在睡觉前把膀胱排空。仅仅这一点就令人伤心，莫莉说——他宁愿带狗出去散步，却不愿带她去。"因为他无法去爱。"莫莉说，而在巴灵，有很多成年人不爱自己的孩子。人们也不用"爱"这个字眼儿。在巴灵，如果你对某个人有好感，你只是"喜欢"他（她）。但这并不意味着其中丝毫没有爱，也不意味着其中有爱。比如，卡勒的爸爸是社会党成员，他是这个社区中唯一的社会党成员。其他人都支持自由党或反对税收政策的进步党，或者在迫不得已的时候选择支持社会民主党，但卡勒的爸爸在一家工厂工作，是个彻头彻尾的社会党成员。他还很狂暴，总揍卡勒，后来他把卡勒揍到口吃越来越严重，不得不上特教课。学校的老师们并不是没看到那些伤。体育课上，老师时不时会在更衣室里把卡勒转来转去，检查他的身体。卡勒的父亲属于社会党，该党在政治上宣扬兄弟之爱，但这改变不了什么。就像国内传道会和现代心理学一样。他一直都在揍卡勒，直到卡勒变得口齿不清。对这类事情人们不会特别在意，他们认为更糟的是那位父亲是社会党成员。但人们的确爱自己的孩子，或者多少喜欢他们。没有人说过不爱，虽然对于爱，索尼娅很清楚一点：人们口口声声说很多，却很少付诸行动。

"它可以用来擦脸。"莫莉说。

"什么？"索尼娅一直在走神。

"芦荟啊。"莫莉说。接着她还说总有一天想弄清楚：索尼娅到底神游到哪儿去了？

索尼娅把餐巾铺在腿上，做出准备加入饭局的样子。

"我真的不知道。"她说。

其实她想告诉莫莉，那天聚会上的算命师彻底剥夺了她对未来的发言权，但她不敢与莫莉分享这个故事。莫莉虽然有心理学硕士学位，却对各种关涉现实的奇谈怪论很感兴趣。尽管索尼娅希望算命师说过的一切都烟消云散，但她担心把这事告诉莫莉，莫莉很可能会把它过分夸大。先知！太刺激了！有妖魔鬼怪和令人害怕的睡前故事的味道。莫莉的人生经验就像一团乳浆，这些东西往往能让它泛起涟漪。索尼娅可绝对不想这样，因此，她才没有向莫莉提及冰箱旁的那次算命。她甚至不知道算命师的名字，看在上帝的分上，她也宁可这样。莫莉喝了一大口葡萄酒。那个盆栽是一株多汁植物，或者起码看起来像是那种从自身摄取水分的植物。这时，服务员突然送来了食物，放在她们面前，薯角和汉堡。在索尼娅的盘子边，有一小碟自制的蛋黄酱在冒着小水珠。索尼娅试着开动，但毫无胃口。

于是她说："我常常想起老家的事情，比如凯特。"

"凯特过得不好吗？"

"没有——起码我认为还好。"索尼娅说。

莫莉举起酒杯，贴在自己的脸上。现在她打量着索尼娅，仿佛她是一例病案，但索尼娅不愿意在一段私交中成为病人；她拒绝这样。

"还记得我们开着搬家车来这儿的那天吗？"索尼娅问。

莫莉记得很清楚。总之，她点了点头。

"我们穿过菲英岛时，你说，上了大贝尔特轮渡就**'没有回头路'**[1] 了。"

"我这么说过吗？"莫莉微笑着问，"那时候，我的英语还不怎么好。"

然后她咬了一口薯角。索尼娅则看着自己盘子里的汉堡排，它被夹在两片难以驾驭的面包中间。厨师在牛肉和面包正中插了一根木签，将它们串在一起，不过，如果面包和肉都能少一点儿，厨师就不必这么费劲儿吧？这时莫莉靠到了椅背上。

"嗯，在某种意义上，那句话还真没错。"她说，"再说了，谁还想回斯凯恩[2] 呢？"

莫莉的脸变成了一张面具。索尼娅弯腰去拿自己的包，找手机，她想看看几点了。但随后她起身太快，她的眼睛失去了焦点，桌子对面现在坐着两个莫莉——一个长着心形脸，另一个仿佛是用生石灰堆砌起来的。

---

[1]  作品原文最初为丹麦语，而引号内的话是用英语说的。

[2]  位于丹麦日德兰半岛西海岸的城镇。

她闭上眼睛，然后又睁开：还是两个。她深吸一口气，因为这可能与缺氧有关。她喝了一大口可乐，韦斯特布罗街阳光明媚。事实就是如此，索尼娅想。她告诉莫莉，约斯塔的翻译在如期进行。她不想和莫莉谈论老家，那跟和玛丽谈论国内传道会没什么两样，纯属浪费时间。约斯塔正忙于用一把锋利的手术刀解剖那个无人知晓的瑞典，按照一种可以破译的方式，煞费苦心地把无数尸块从北极圈几乎一路抛到博恩霍尔姆[1]。索尼娅是这一过程的参与者，她在深入研究它的语言表现形式。由于约斯塔每写出一部新作，他的出版商就忙于推出，索尼娅也就忙于编校打磨，以免他在第 10 页编出来的"乌鸫"在第 14 页变成"大山雀"。

"在小说中，让人物的名字从始至终一致也很重要，"索尼娅说，"除非名字的改变与情节有关。"

"你就不能试试翻译其他的作家吗？"莫莉问，"一些对你更有意义的作家。毕竟应该还有一些瑞典作者希望让读者看到血和内脏之外的东西。"

"这都怪自由市场的力量。"索尼娅说着，变换了坐姿；咖啡厅桌子底下的空间有限，使她的腿不太自在。

桌上的芦荟晃了晃，而莫莉开始谈论起她的客户。索尼娅

---

[1]　丹麦最东部的岛屿。

很肯定这对心理医生而言是明令禁止的，但现在人们都不再把保密宣誓太当一回事。隐私已经变得无关紧要，反正迟早会被抖搂出来的，谁还在乎呢？因此她坐在这里，看着莫莉讲述别人的灾难。莫莉介入了一位先生的生活，渐渐地，他们的关系变得一团糟。她已经无计可施，于是开始节食。除了节食之外，她还开始与另一个男人约会，现在她的精神快要崩溃了——但正因如此，索尼娅才需要莫莉。因为莫莉有一种专业人员的视角，并且她不仅有这种视角，还有一种在珠宝店门口敢随时拉下铁栅栏的魄力。奶牛场主无法去爱？成了历史。斯凯恩，还有那条曾经叫斯凯恩河的运河，它又长又险，让无数人殒命，也成了历史。现在那条河像蠕虫一样蜿蜒流淌着，缓缓流向灵克宾潟湖。有一次，索尼娅骑着自行车尽可能地到达潟湖边，那儿躺着一头雄鹿。也许是淹死的，反正它侧躺在那里，已经高度腐烂。现在雄鹿已经漂向大海，奶牛场主也已经死去，但那里仍然有农民在四处搜寻，想在每一平方英尺[1]的土地上种上玉米，你的家乡是一个你永远也回不去的地方。它变了，你自己也成了陌生人。

"驾照学得怎么样了？"莫莉问。

"不太顺利。"索尼娅回答。

---

[1]　英制面积单位，1平方英尺约为0.093平方米。

她讲起福尔克在驾校的办公室里如何把她拥进怀里。

"你觉得我跟他在车里会有麻烦吗？"

"我觉得你跟他在车里已经有麻烦了。"

莫莉吃了一块薯角。然后她看着索尼娅，说她也可以碰碰运气，看福尔克还有什么举动。

"哦，上帝。"索尼娅叹道，她脑海中已经浮现出了那种情景：

她和福尔克在汽车的后座上，也可能是在前座上。她的一条腿翘在头枕上，另一只脚的脚心抵住仪表盘。张开双臂然后用力抱紧，福尔克的小屁股伸在门外。肚子拍着肚子，一次次接触，毯子上的湿迹。

"最终会怎么样呢？"索尼娅问，并想起前男友保罗，他的屁股也挺紧实。

"算街头行为吧。"莫莉说。

"他娶了一位医生。"

"那又怎么样？"

莫莉对哪些男人属于哪些女人并不感兴趣。于她而言，生活就应该充满激情，起伏跌宕，在你还未曾体验过的爱情中，永远存在着有朝干柴会遇上烈火，轰轰烈烈地烧着一切的可能。

"我可不是那种人。"索尼娅说着，抬头朝韦斯特布罗街看去。

　　一架直升机从她们头顶飞过，沿着街道驶向腓特烈斯贝大道，然后又调头飞走了。它的机体是黄橙两色的，看上去就像那种将医生载往人烟稀少地区的救援直升机。但这还不是它的最强项。索尼娅想，它的最强项是可以在柏油路面上垂直起降。她默默哼唱起来。莫莉正在吃着汉堡，并滔滔不绝地解释爱情之路及其艰难曲折，但索尼娅很清醒，她在心里默默哼唱。她唱着关于小云雀的那首歌。她唱着鸟儿起飞的那一段。你从地面振翅而起，直上云霄，她默默哼唱着。

## 8

亲爱的凯特，

　　你肯定会问，我们这是在互寄明信片吗？其实，我只是发现这张明信片上有石楠，所以觉得应该寄给你，我猜那些石楠现在肯定开花了吧。几天前，我还想起你当年常常来麦田里找我。真奇怪，因为我已经很多年没有想过这事儿了。我敢肯定要盯住我并不容易，哈哈！希望你一切都好。至于我这边则发现哥本哈根的天气有点儿闷热。驾照的事在进行之中（又一个哈哈！），工作也一样。我会为你留一本约斯塔·斯文森的新书。等我们见面时就可以给你了。要不也可以寄给你，由你决定。代我向家里人问好，咱们以后再聊。

　　拥抱你，索尼娅

索尼娅把明信片折起来，放进一个信封里。剩下的就是写地址和贴邮票了，但她对此有些犹豫。实际上，她并没有想过要寄明信片。如果她寄一件符合自己个性的东西，会显得更自然些，但如果她依着自己的性子来，又不确定凯特是否会喜欢。她决定还是不寄明信片了。我本该写给妈妈的，她想，妈妈喜欢石楠。

索尼娅把明信片又从信封里抽出来。明信片上印有漂亮的石楠，她把它扔进了桌子下的废纸篓里。然后她拿出一张白纸和她最喜欢的黑色记号笔，写道：

亲爱的妈妈，

我坐在这里想着你。几天前我也想到了你，因为我想起了麦田。当年我常常待在麦田里，在那儿自得其乐。有时凯特会把我拖出去。我不知道你是否还记得，但我记得你站在防风林后面喊我。你知道我在哪儿，那种感觉真好，就算那是我本不该去的地方。但我为什么就不该去那儿呢？凯特和爸爸为什么要反对？唉，只是几根麦秆而已。但不管怎么说，我想念那地方。在我的公寓里，没法做那样的游戏。有时我躺在公墓那儿，想再多少找回一点儿当时的感觉。几天前，我差点儿给你发了一条短信："嗨，妈妈，我正躺在墓地里。"（哈哈哈！）但并不是这样的，反正不是那种意思。幸运的是，你也没有。我是说，幸好你还健在。如果连你也不在了，我该怎么办？我常常想到这一点。我很想念曾经拥有能够理解我的家人，如果我能跟凯特聊一聊就好了。我知道因为我们不能好好相处你似乎很难过。我其实很想，也在努力，但现在你别为此操心了，因为我希望你和爸爸一切都好。你们肯定会健康长寿。除此之外，没有什么新情况可以汇报了，只是驾照的事情不太顺利。我不会换挡。我太喜欢你了，妈妈。

　　拥抱你，索尼娅


　　索尼娅盯着那封信，然后把它揉成一团，扔进废纸篓里。现在它又躺在明信片上面。它躺在那里，被揉成一团，包裹着所有黑色的字，就在石楠图片的上面。你很难找到适合自己体型的衣服，也很难找到适合的话对你爱的人倾诉真心，索尼娅想，并看着莫莉用她的手袋带来的盆栽芦荟。"我每天早晨取一片叶子，切成片，"她说，"然后用它把脸全部擦一遍，有舒缓和保湿作用。"

　　索尼娅让一根手指从芦荟那尖尖的、舌状的叶子上划过，另一只手摩挲着自己的脸，脸上的皮肤很柔软，开始有些松弛了。

　　她试图回忆那次算命的内容。她在脑海中翻箱倒柜，想弄清她靠着冰箱站那时，那个穿咖喱色长袍的女人说了些什么。作为一个女人，迎接索尼娅的会是什么呢？是维持现状，还是会时来运转？当然，有与保罗的那段不幸的恋情，但还有呢——一场悲剧？或者是一场闪恋，一个幸福结局？

她想不起来了。她已经把它从意识中移走，并封存起来。她害怕一旦把它记住，它就会变成现实，或者说其实是在害怕，一旦把它说出口，它就会失去效力。她不敢不信也不敢相信。她还记得几年前，她曾去过老家的教堂。她只想在那里坐一会儿，向某种更为强大的力量说说那次算命。把内心的不安释放出来，会让身体舒服些。她要赌一把，这个"更为强大的力量"听过她的故事后，不会把它们泄露给爸爸，爸爸害怕"更为强大的力量"，因为它的存在会把他拖离他所了解的现实。爸爸的家人们也不能走出他所了解的现实，把他独自留下。但是当时，她就坐在巴灵的教堂里。在第一排长椅上，离洗礼池很近。圣坛的拱顶上挂着一个苍白的耶稣像，还有一幅祭坛画，复活的救主被描绘成左腿有点儿缺陷，因为作画中最难处理的就是要用透视缩短法表现的部分。凡是尝试过从下面画一个人物的画师都知道这一点；巨人会变成小矮人，但索尼娅坐在那里，向"更为强大的力量"倾诉，说她觉得无法好好地让自己的生活充实起来。那是一次愉快的体验，索尼娅至今还记得。坐在那里，除了自己之外还有别的人可以相信，让她心里踏实。

她还感到内心似乎有人作了应答，告诉她不要灰心丧气，因为有朝一日她会成为某个人的快乐之源；有朝一日她会成为某个人的救星，真的。她必须相信这一点。最后，她念了《主祷文》，就像小时候玛丽教过她的那样，声调平和而清晰地念出每一个词。然后，她起身走进法衣室，以免被人发现她坐在教堂里，表现得那么虔诚。她还想小解，但是门卡住了。从法衣室出去的门卡住了。她又拉又拽，门都纹丝不动。她对路边教堂的恐惧——担心有人把她锁在里面——好像变成了现实。她与"更为强大的力量"的交流变成了无声的恐慌。向耶稣和其他这样的神圣力量倾诉是好事，但她不想跟他们关在一起。而且她还想小解，她真的需要小解了，不远处有募捐箱，还有洗礼盆，她却这么大不敬。因此她继续握着门把手拉呀拽呀，直到蹭破了指关节上的皮，最后她突然想到自己口袋里有手机，布告板上钉有教堂工作人员的联系方式。教堂司事名叫尼尔斯·约尔根，她难以弄清他正待在巴灵的什么地方，但她能做的只有给他打电话了。她现在坐在这里，用一片芦荟擦着脸，一边清清楚楚地回忆起他们之间的对话。

"我是尼尔斯·约尔根。"尼尔斯·约尔根在电话里说。

"我是索尼娅·汉森。我这会儿在教堂里，出不去了。"

"出不去了？"

"我站在法衣室里，门闩挪不动。我就在教堂里坐了一小会儿。你把我锁在里面了吗？"

索尼娅话音刚落，门就开了。当时她最后一次试了试那扇门，好向尼尔斯·约尔根表明被困住了。结果她根本就没有受困。

随后有很长一段时间，她觉得每次向别人一讲起那个故事，它的力量就骤然消失。那个故事中的确有力量，有某种重要却无法言传的东西。对那次算命，她现在也仍然有那种感觉。她并不相信它，但一旦把它说出来，里面的某种东西就可能消失，所以她把它藏在暗处，与她的未来一起藏在暗处，而她的脸上则涂满了芦荟汁。

那她和凯特呢？她们之间的裂痕是什么时候开始显露的？分开生活了几年，然后搪瓷上出现了微小的裂纹。她注意到了这些细细的裂纹，凯特无疑也看到了，但索尼娅几乎想不起来它们是什么时候变得显而易见的。她猜是在秋天。没错，是一个十月，她想，那天她和凯特在巴灵一起散步。厄斯特农场位于村郊的东端。索尼娅记得它以前还像一个普通的农场，但比亚内接手之后，在牲口棚周围进行了扩建，现在农场里四处都支棱着一些狭长的建筑。她俩朝农场走去时，她正在尽力排解凯特的日常忧虑，凯特担心发生入室抢劫，还有她的膝盖总是疼，等等。

不知不觉间，她们已经走到厄斯特农场。农舍坐落在一小片由狭长扩建物所构成的城市风景中，显得矮小而凄凉。猪舍里传来身体磨蹭金属的沙沙声，凯特正在滔滔不绝地讲述平日里让自己害怕的东西时，索尼娅看到了猪舍之间留下的狭窄地带。关于如何以最好的方案扩建农场，或者如何协调规划土地，没有人咨询过建筑师。猪舍在短时间内建了起来，而扩建物中间则留下了许多狭窄的死寂地带。

索尼娅打断了她：“看看这些糟糕的地方，如果魔鬼自己也要在人间安家，大概就会选这种阑尾一样没用的地方。”

凯特停下脚步，盯着一条夹在一排猪舍和一个设备间之间的长长黑沟。它的尽头是一堵灰不溜秋的煤渣砖墙，一些不知名的枯草从土里探了出来。地上散发着氨水的味道。

“你不明白吗？”索尼娅问，“只有魔鬼自己才能住在这样的肠子里。任何生命，任何美的东西，交流，或者爱——都已经从里到外消失了。这些东西完全没法称得上风景。”

凯特盯着猪舍和设备间之间的狭长地带。她的眼睛在暮色中睁得大大的，嘴角露出孩子般的神情，一言不发。

“就连鸡也没法在那儿活下去，”索尼娅继续说道，“连几排土豆都长不出来，”她说，“那是一处死掉的风景。”

然后凯特拔腿就走，步伐很快。索尼娅几乎得跑着追上去，她想问问发生什么事了。但当她赶上凯特后，凯特却不肯按照她的引导和追问来答话。只不过是要把猪大排放进烤箱，然后开车去接踢完球的弗兰克，而且他的运动服不会自动洗好，对吧?

　　索尼娅看着芦荟叶被折断之处。小液滴正从残叶上渗出来。这无疑是精油,有舒缓皮肤的功效。于是她捧起花盆,感觉它暖乎乎的。我好歹可以用这个花盆,她想,把手插进土里,将整株植物连根掏出。她握着盆里的东西,感觉黏糊糊的。多汁植物的叶子像小刀一般从土里戳了出来,也像舌头,或者像几根正探向索尼娅的脸与嘴唇的手指。俗不可耐的植物,她想,并把它扔进废纸篓。它躺在那里,底下是石楠,还有那封信,是她无法用言语表达的感情以及那些感情最想传递的人。

# 9

福尔克是个典型的大块头，也开着一辆与他相称的车。索尼娅要求换教练时没有考虑到这一点，没有考虑到她得从尤特的现代换进一辆奥迪 Q5 里。它像露营车一样大，像蝙蝠车[1]一样黑，福尔克翘着胡子坐在里面。

"今天我想考考你。"他说。

"考考我？"

索尼娅斜瞟了一眼她刚刚放在后座上的袋子，里面装着约斯塔的书，那是让福尔克带回家给他妻子的。

这也是索尼娅计划的一部分，他们要尽量多聊聊福尔克的妻子。要做到仿佛她也跟他们一起坐在车里。福尔克的妻子、

---

[1] 蝙蝠侠故事中，蝙蝠侠开的车。

约斯塔、福尔克和索尼娅。

"我当然需要看看你从尤特那儿学到了多少，所以，我们现在把车开去一个十字路口没有交通标志的街区。"

"你会告诉我变速杆的，对吧？"

福尔克向下指了指两人座位之间的位置。

"在这儿。"

"我不是问它在哪儿，而是操作。"索尼娅说，但她不该这么说的。

更确切地讲，她不该以这种方式问变速杆。现在福尔克只好挑动着眉毛，忍不住告诉她，她显然还需要更多实践。索尼娅假装不理解这种性暗示。她每小时花 400 克朗可不是为了性暗示。

"知道你妻子喜欢看书我很高兴。"她说，并把车挂到一挡。

这一步她可以做得很好。她还可以回头查看盲点。她打开转向灯，把车从路边开出；换到二挡。

"很不错。"福尔克说，并引导着她开进附近一个十字路口没有交通标志的街区。

索尼娅最怕的就是这种街区。不仅因为在这儿大家都不知道谁该让谁，还因为人们在街边停车，使得街道十分拥挤，窄得可怕，而且那些密集停放的车辆常常会毫无征兆地突然打开车门。有时，停在那儿的车也是小孩的藏身之所，而他们又总是凭冲动行动。

之前索尼娅与尤特一起开车时，尤特也总是告诉她："不要撞到其他车的耳朵！"当然，索尼娅起初不明白她是什么意思。后来才知道，"耳朵"原来是指汽车的侧视镜，索尼娅不能撞到它们，而现在，车里只有福尔克和她。索尼娅让自己聚精会神。她和福尔克都把座位往后调了调，好为各自的长腿留出空间。她的脚踩在踏板上，手指紧握着方向盘。由于把方向盘握得太紧，当她松开右手去换挡时，车身便自动向左移了点儿。找到三挡很难。她车开得不稳，而福尔克的奥迪对他们正在经过的这条街来说也太大了。

"要人车合一，调动你的身体，调动你的身体！"福尔克说。

但索尼娅的身体没法从二挡换到三挡。现在她已经熄了两次火。

"好了，我们把车停到路边。"福尔克用柔和的声音说。

他还帮她转动方向盘。福尔克在蝙蝠车里，在自己一侧的某处，踩住副刹车，现在他们稳稳地停在一辆丰田后面。

"把你的手给我。"福尔克说。她不想这样，但还是把手伸给了他。

他握住那只手，把它放在变速杆上。

"你能感觉到它吗？"

是的，她感觉到了福尔克把自己的手放在了她的手上。索尼娅现在可以同时感觉到变速杆和福尔克的手。接着他开始移动他们叠在一起的手：变速杆拉动了。

"你得想象有一个中间多出了两段线的 H 形部件，然后我们这样做……"

你不能让变速杆走对角线，福尔克解释道。从二挡到三挡不能走捷径。你必须根据变速箱的结构来。索尼娅觉得这些都很有道理，但由于福尔克的手搭在她的手上，她的注意力难以集中。

"好了，"他说，并移开了自己的手，"现在我们来实际操作试试。"

看后视镜，检查盲区，打转向灯：索尼娅想调动自己的身体，但车子太大了。

"把车扔掉，快，把车扔掉！"他大声喊道。

但是这可能吗，把车扔掉？你能从里面这样做吗？驾驶教练的行话让索尼娅没有安全感，而索尼娅原本就很没有安全感——对汽车、变速杆以及眼下的社交方式。莫莉会说，她的不安全感是源于对自身不足的潜在忧虑。让自己和他人失望会很糟糕，而索尼娅的解决办法是说话。话语有马力和方向。她对话语可以做到对汽车无法做到的事情：她可以把它扔掉，只要信口闲聊，她就会在福尔克的眼中变成一个人。

她说："我完全忘了告诉你，将约斯塔·斯文森的书翻译成丹麦语的就是我。"

"别开玩笑了！"

"后座上的袋子是给你的，"她说，"里面有书。你可以带给你妻子。"

福尔克转过他庞大的身躯去拿书袋。反身在前座坐好后，他马上就把书抽了出来。把约斯塔的小说《黑血》飞快地拿出来摆在仪表盘上。《来自里加的女孩》也一样，"一个关于人口贩卖的悲惨故事"，正如封底所引用的一位评论家所说。福尔克大为兴奋。他忘了要教索尼娅开车。这没关系，因为当福尔克翻书时，索尼娅将变速杆把握得更好了。他想知道翻译是不是很难。还想知道那玩意儿赚不赚钱，想知道索尼娅是在哪里学的瑞典语。就这样，她得以有机会告诉他，她是家里第一个上大学的人。她姐姐是养老院的护理员，她姐夫在一家风力涡轮机厂工作。索尼娅还成功地说出她父亲是个农民，她来自一个非常遥远的西部地区，福尔克可能从来都没有去过那儿。

"是的，我从没有离哥本哈根那么远过。我去过克罗地亚、德国以及法国的大部分地区。但仅此而已。我只去开车可以到的地方。我害怕坐飞机。"

"我喜欢坐飞机。"索尼娅说。

福尔克坐在自己的座位上，绘声绘色地讲述着他的恐惧，索尼娅曾经在什么地方读过，不忠的男人对飞行会表现得尤为恐惧。他们害怕因不忠而被抓，并将这种恐惧投射到飞行情景中。无路可逃。命运被掌握在另一个人——飞行员——的手中。在地面时，他们可以四处走动，对自己的欺骗行为心安理得。但在高空中，他们会以不同的方式明白事情的后果。他们意识到脚下没有坚实的大地，他们有失去一切的风险。因为你真有这种可能；如果你撒谎，就可能面临失去一切的风险。

索尼娅把车转到一个减速弯道上。福尔克拍了拍她放在变速杆上的手。

"话说回来，"索尼娅一边说，一边把手放回到方向盘上，"在我的老家，一切都变样了。"

"哦，是吗？"

"是的，现在那里农场的经营规模已经太大了，"她说，"他们买下了周围的一切。我父母的农场就被一个叫培根·比亚内的养猪户买下了。现在我的家人住在巴灵的房子里。我姐姐也是。所以小农场都闲置了，一旦它们闲置下来，有孩子的家庭就不会住在那里，一旦没孩子，就不会有人上学，然后学校就关门了，而一旦学校关门，其他的一切也都跟着倒闭了。培根·比亚内根本就不在乎——只要他能偿还从信用合作社所借的高额贷款，基础设施越来越糟也没关系。我爸爸总是说人是奇怪的害虫，他说得没错。但是鹿还在那儿。由于有太多的鹿，他们不得不建起围地，防止它们进入。"

"围地？"福尔克问，一边用手示意她离其他车的"耳朵"太近了。

"这跟为牛建的围栏相反。"

边聊天边开车真好。

"这是为了防止鹿破坏庄稼建的。否则它们可能会将大片麦田踩为平地。你得想象那种场景，两三百头跟马一般大的动物突然闯进田里。它们将麦子踩得横七竖八，而一旦麦秆折断……这是农民们非常担心的事情，所以他们建起围地。那儿还有理发师把从当地人头上剪下来的头发卖给农民。然后农民们把头发放进土豆袋里，将它们挂在围地旁的篱笆桩上。因为人的毛发能把鹿吓跑。它们不喜欢那种气味，会去别的地方，但不管怎样，那些鹿还在那儿。它们待在林场或荒野里，有时会有落单的鹿。不久它们就会进入发情期。于是天色渐暗时，就能听见它们的叫声。"

副驾驶座上的福尔克从喉咙深处发出一个声音。听起来像是在吼。没错，福尔克在吼，索尼娅连忙转向，避开了一个骑自行车的人。

她说："反正我原本没有打算做翻译。我想写书——可话说回来，每个人不都这么想吗？"

"你不能靠那种活儿谋生。"福尔克说,并向她展示自己的手指。它们很长。

"吉他,"他说,"如果每个人都玩重金属,就不会有人教你开车了,以及如果你现在不介意了解一下这里的先行权规则……"

他指示她开进维兹奥勒一家超市的停车场。在他们周围,清晨出门的购物者们在安详地来回走动着。福尔克和索尼娅开得很慢,很慢,在绕行过程中,索尼娅对二三挡位的切换渐入佳境。福尔克继续讲解着在没有交通标志的十字路口的先行权规则。而索尼娅说约斯塔其实并不是那么高,而且还有点儿秃顶,但他在哥得兰岛有一座房子,里面有很大的落地窗。在那儿,约斯塔能看到大海。它像广袤的平原般一直延伸到大陆。有时在晚上,约斯塔会梦见自己在海面上行走。他不停地走,时而慢跑,时而飞奔,直到抵达奥斯卡港,真正的瑞典就是从那里开始的。那是一个拥有森林、采石场和驼鹿猎人的瑞典。是武器制造者在地下潜伏并伺机而动的瑞典。那才是他想描写的瑞典,而哥得兰是一个可以让他这样做的好地方。

"我报酬的一部分是出版社赠送的样书,"索尼娅一边解释,一边停下车让右手边一辆购物车通过,"我的储藏室里堆满了犯罪小说和历史传奇之类的书。"

福尔克说他妻子收到这袋书肯定会很高兴。她是罗斯基勒的一名足部医生，下班后就不想再思考了。

"她是足部医生？"

"一流的整形外科医生。"福尔克笑着说，并把墨镜移了下来。

汽车载着索尼娅和福尔克平静地行驶着，福尔克拨弄着通风装置。

"尤特还好吗？"索尼娅问。

"你就别为尤特操心伤神了。"

"嗯，但她可能不太高兴，是吗？"

"那些都已经过去了。"

索尼娅不知道是否真的如此。很可能只是因为福尔克不怕尤特。索尼娅心里无法做到这么平和，但他可能是想让她明白，福尔克是个大男人，碰到问题就会直面解决，而女人则会听之任之。不过索尼娅的爸爸至今还对玛丽的爸爸心怀不满，因为1979 年，玛丽的爸爸砍掉了从地界上说，属于索尼娅爸爸这一边的野苹果的树枝。而玛丽的爸爸呢，也同样不能原谅索尼娅的爸爸，因为他曾把毛地黄花籽儿扔到了砖砌变电塔旁属于玛丽爸爸那一侧的土地上。现在，当他们在巴灵走动时，如果擦身而过，会彼此抬抬帽子，心里却充满敌意，而尤特就属于那种人。不仅是尤特，索尼娅也一样。

福尔克把车窗摇下一条缝。

"培根·比亚内。"他说,并笑了起来。

"他曾经是我姐姐的男朋友。"

"人啊,真是有趣。我们以前住在瑟讷尔大道时,有个家伙名叫斯托夫·胡德。但培根·比亚内,哈哈!"[1]

"他在现实生活中可不太有趣。"

"哦,但谁又有趣呢?"福尔克叹了口气,将一只手伸出窗外,"这八月的鬼天气!你知道,星期天的时候,老天下的那场大雨啊,砸得地面啪啪响。"

说完他又笑了。索尼娅也笑了,尽管福尔克不该说"啪啪"。是的,他不该说"啪啪"。但索尼娅几乎连车都驾驭不了,又怎么能驾驭福尔克?她低头看了看自己的手。有了一个发现,像是某种客观的发现。那只手已经自动从三挡移到了四挡。三挡与四挡的间距是一条从上到下的直线。一段简单的距离。索尼娅想。没有对角线。

---

[1]　"斯托夫"的原文"stove"意为"炉子","培根"的原文"bacon"意为"熏肉"。

## 10

索尼娅给凯特打电话，但接听的是弗兰克。当然，这并不新鲜，尽管凯特通常喜欢煲电话粥。十几岁时，她总是抱着电话不放。妈妈对凯特在那儿聊个没完很生气。"你和你爸爸都一样，总是聊个没完，"她常常说，"到底有什么那么重要？"

妈妈活在自己的世界里。她不需要给外面的世界打电话。只当有人去世或住院时，她才会解开电话线。索尼娅从她身上继承了这一特点，但有时会觉得过于安静了，偶尔应该给家里打个电话。因此，索尼娅有时会打电话回家。如果爸爸不接电话就最好，因为他把太多的时间花在驾驶农用机械上。保护听力只是大城市的农民和娘娘腔的事。整整一代的硬汉现在都戴着助听器走来走去。他们在剧院大厅和安静的火车车厢里制造噪音。他们把报纸翻得哗哗响，并插入别人的谈话。爸爸很难听清索尼娅在电话里说些什么。她不得不对着听筒大喊。她没有这种精力，她退却了。于是，爸爸孤独而威严地站在那里，对着日德兰半岛高喊。这有失尊严，而妈妈真的不喜欢接听和拨打电话。

但索尼娅现在在给凯特打电话。尽管凯特不会接，她还是打了过去。也许她有来电显示，索尼娅想。也许凯特走到电话机旁，看了看显示屏。"是索尼娅，"她告诉弗兰克，"你能接一下吗？"

如果把索尼娅和凯特比作苹果，你会说她们分别落到了树的两边。的确如此。并且，好像还有人踢了索尼娅这个苹果一脚，让它消失在草丛中。虽然这是另一回事。但情况就是这样；索尼娅这个苹果躺在草丛中，几乎无人理睬。现在凯特再也不知道该对她说些什么，好在她有弗兰克。他可以与任何人交谈，而且不会支支吾吾。他会跟人开诚布公，不害怕跟索尼娅讨论关键的细节问题。

"我想你很快就要开始选车了，对吧？"他说。

"我得先拿到驾照。"索尼娅说。

"你还没有拿到吗？"

"我换了驾驶教练。"

"你以前是跟一位女教练学车，对吧？"

索尼娅不能否认尤特是个女人。弗兰克发出了一个声音，她清楚那个声音意味着什么，但是她没有上钩。

"是的，我换了教练，所以应该很快就会有进展了。"索尼娅说，尽管她并不确定。

如果毫无进展怎么办？如果跟福尔克学车还是和以前完全一样，怎么办？也许索尼娅是那类开不了车的人。这不只是医务官和剥夺某些生存权利的问题，还是一个空间能力的问题。她之所以了解这一点，是因为她曾经看过一个心理学教授的节目。他的名字与某个小镇的名字相同，他喜欢把女人放进离心试验机。他找人制造了这台供他实验用的机器。一个女人会被绑坐在中间，约斯塔会喜欢这个奇妙的装置。如果约斯塔知道它的存在，一定会马上把它写进某个场景。一个女人，被五花大绑，最好是一丝不挂，嘴里塞着东西。但还是别管约斯塔吧，因为心理学教授随后对那些女人进行了离心实验。女人们被上下左右地旋转。她们按椭圆形的轨迹旋转，而且没错，旋转时身体一直被绑着。当离心试验机停止后，他要求女人们做运动。在运动过程中，她们得把握住自己的空间感。她们得调整距离，解答数学题，还得沿着粉笔画的直线走。那些女人表现得很糟糕，于是教授得出结论说，女性的空间把握能力很差。接着他又把一个黑人男性放进离心试验机里。他对那个黑人进行了很长时间的离心实验，得出同样的结果：黑人的空间把握能力特别差。事实上，只有一个群体的把握能力比他们更差，那就是黑人女性。心理学教授说，黑人女性绝对无法应付这实验。相比之下，他在把自己放到里面旋转后得出结论，白人男性显然是最棒的，于是所有人都交叉手臂表示抗议。胡说八道，胡说八道！人们高喊，索尼娅也跟他们一起大喊，但她有什么资格生气呢？她既不会换挡，还有位置性眩晕。

"你想过要买什么样的车吗？"弗兰克问。

弗兰克在一家风力涡轮机厂工作，所以他是家里最懂技术的人。他和凯特自己开的是一辆旅行车，但他认为索尼娅很有钱。凡是上过大学的人都有钱。但另一方面，他觉得索尼娅没有正式的工作，因此也可能穷得叮当响。这种不确定性深藏在弗兰克的脑海里，经常在他们的交谈中显现。有时，弗兰克认为她应该在哥本哈根的高档小区买一幢别墅，但一转眼，又觉得她比较适合在一座人口外流的小镇里找幢小排房住。此时此刻，他觉得她应该买一辆银色的雪铁龙。

"不过也许……毕竟……"他边想边说，"你还是买一辆二手车更舒服。"

索尼娅想到了福尔克、离心力以及她可能根本就学不会开车的事实。

"有很多车已经跑了 8 万多英里 [1]，但仍然很好开，"弗兰

---

[1] 英美制长度单位，1 英里约为 1.6 千米。

克说，"如果你自己稍微懂点儿修理技术的话。"

索尼娅在电话线的这一端没有说话。而弗兰克那端，有狗在叫。

"让那条狗别叫了！"他冲着房间喊。

这么说家里还有人，索尼娅想，起初叫声还在继续，接着慢慢安静了下来。

"你们现在养的是什么狗？"索尼娅问。

"一条金毛猎犬。"弗兰克回答。

"哦，很适合家养的狗。"

"是啊，凯特非常喜欢金毛猎犬。"弗兰克说，尽管听起来更像是在叹息。

"电影里总是用金毛猎犬，"索尼娅说，"有一段时间，我在好莱坞电影里看到太多的金毛猎犬，于是不禁产生了怀疑。汤姆·汉克斯几乎每次出场都少不了它们。但有趣的是，电影里的美国黑人从来不养金毛猎犬。金毛猎犬是白人的家犬。黑人养的狗要么小到可以装在口袋里，要么像车库一样大。黑人家的狗总是非此即彼。"

她没有听到弗兰克接话，她瞥见自己放在电话机旁的信手涂鸦。涂鸦中出现了一个清晰的图案。图案里坐着一个小人，正在挥手。小人正从那架漂亮的直升机里向索尼娅挥手。梯子很快就要放下来了，索尼娅想。他们很快会放下绳梯来救我。

然后我就该爬上去。不用怕。抓住它并让它把我带走，穿过天空，越过荒野、林场和内陆沙丘。下面的某个地方就是巴灵及其周边地区。弗兰克和一条金毛猎犬在后院里。凯特把她的恐惧注入冷盘、化粪池、热水器，然后又用手摇搅拌机和翻糖把它们注入厨房。还有一家杂货店，一家饲料店，一棵果子已经掉落的苹果树，一条通往麦田的小径。

"你也可以买一辆捷豹，"弗兰克说，"在德国买可以很便宜，只要在车牌上做点儿手脚。"

很奇怪他会这么说，因为弗兰克是绝对不会做手脚的人。也许偶尔会违规操作，但弗兰克通常都照章办事。那些风力涡轮机毕竟不会自己升上去，索尼娅知道这一点。他现在正在向她解释他们如何把风力涡轮机升到空中，如何把它们放在塔基上。这是一项需要保持平衡的工作。

"有点儿像那些用小木棍顶着盘子转的中国杂技演员，"弗兰克说，"只不过得靠想象把这场景扩大一两千倍。"

索尼娅眼前浮现出了那一幕：粗壮的柱子顶着巨大的盘子，不停地旋转。涡轮螺旋桨沿着椭圆形轨道一上一下地快速运转。

"其实，涡轮机看上去有点儿像直升机。"索尼娅说。

她以前没有想到这一点，但它们确实像。弗兰克在电话的另一端沉默了一会儿。

接着他说："凯特很担心，怕我在里面或者底下时它们会倒下来。当然，对我来说，待在上面往往是最好不过的事情，让我有些东西可以摆弄。但凯特害怕它们会出故障，或者我会触电，或者碰上其他可能发生的事故。你知道那种情形，索尼娅，几乎可能是任何情况，所以我们买了这条狗。有个东西可以照顾——这对凯特有好处。"

没错。凯特很擅长照顾人和宠物。但索尼娅打电话时，她却不肯接。

"她和你在一起吗？"索尼娅小心地问道。

"她带着狗出去了。"弗兰克说。

当然是这样，索尼娅想。带着狗出去了，而对我毫不关心。但也不尽然。索尼娅觉得难以自拔。这是一个奇怪的悖论。她感觉自己就像一个双腿灌了铅的逃犯。这样会寸步难行。这对我的平衡不好，她想，接着她和弗兰克该挂电话了。

"代我向凯特问好。"索尼娅说。

"好的！"弗兰克说。

这么说她肯定挨着他坐在沙发上，索尼娅想。凯特肯定坐在沙发上，不知道该对我说些什么。

通话结束了，但它却像一场倾盆大雨浇得索尼娅透心凉。一种悲伤之感穿透她的全身，一路挟带着卵石和沙子在她的五脏六腑间渗进渗出。她没有哭，她不能任其发展到那一步，但她的身体里似乎有什么在咔嗒作响；是小石子，是麦秆，是那些挥之不去的日子。她内心的天空在缓慢而犹疑地清空自己，冰箱里没什么值得一提的东西。接着她朝后院望去。后院里也没什么值得一提的东西，除了几只猫头鹰。猫头鹰之所以在那儿，是为了不让鸽子进入阳台，它们是塑料的，但鸽子不知道，再说，是谁告诉邻居们猫头鹰具有防范作用的呢？毕竟邻居们都逃离了大自然，只喜欢坐在阳台上喝啤酒。每家每户的栏杆上都有一只塑料猫头鹰，它们有吓唬和威慑鸽子的作用。她猜想，他们是从驱虫灭害的小册子里受到了这种启发。大多数人都忘记了那是什么情景，索尼娅想，并回忆起杉树林中苔藓的颜色。干燥的石头，野草，碎石路。光秃秃的轮胎和青贮饲料。青贮饲料的清香，是的，还有粪堆上的死猪崽。砂囊里装满沙砾的鸡。雨中的圆形草包，到处都是藏身之处，孩子们常常躲在那里。而在"超级奥格"的店铺里，你会经常发现他妻子站在柜台后。她会站在那里，窥探人们购买的物品。根据各种迹象和人们的询问，她会对购物车里的东西进行解读。她知道谁来了例假，谁的经期已经停止，谁爱喝酒，谁在柠檬慕斯里放了太多的明胶，还有吸烟的习惯，填字游戏的偏好。那个女人无所不知，但她却不会给孩子们赊糖果。当时你只要有五欧尔[1]，就可以买到世界上的任何一块糖果，但她不做慈善。索尼娅还记得凯特站在商店外面等公共汽车的样子。她穿着新牛仔裤，站在公共汽车站旁边。穿着紧身裤时，她的屁股总是很好看。她和培根·比亚内站在一起，尽管他后来不让别人那么称呼他。她每周和他睡两次。她亲口这样说过，索尼娅也相信，因为她听到过他们在阁楼上的动静。此刻他们十指相扣，站在公共汽车站旁。凯特应该还不到十五岁，但她没有时间可以浪费，索尼娅骑着自行车也在那里。那可能是个星期六。他们没有什么安排。或者更确切地说，索尼娅没有什么安排，接着公共汽车来了。比亚内和凯特消失在车里，索尼娅也骑车出了巴灵，朝家里奔去。她走的是放学后经常走的那条路。在那条路上骑行很无聊。索尼娅假装自己不能看任何别的地方，只能盯着轮子的正前方看。她一路骑着车，视线朝下，目光死死地盯着前方的人行道，忍不住想看看自己敢坚持多久。自行车胎呼呼作响，辐条一闪一闪。索尼娅能听到链子的咔嗒声。鸟儿在欢唱，农机在轰鸣。索尼娅的视线被紧紧地吸在轮子前的那个点上。她想回家的全程一直这样骑。这是一种胆量，但突然间，高架桥旁边有一样东西：一辆车停在路肩上。索尼娅"砰"的一声撞了上去。她撞上车尾，身子从车把上飞过，落在后备厢

---

[1] 欧尔是丹麦的辅币，1克朗等于100欧尔。

的中部。她的第一个念头是绝不该毁坏别人的财物。第二个念头是很痛。接着她听见有人在笑。两男一女站在路肩上。那是住在高架桥旁房子里的一对夫妇和一个索尼娅不认识的男人。他们一边扶起索尼娅的自行车，一边笑着打趣。她的手上有血，那位妻子简单地问了几句，但索尼娅由于极度难堪，又重新骑上自行车。她一只手扶着车把骑回了家，拐上碎石车道，进了院子，走进门厅，家里没有人，于是又出了门，走进麦田，走进麦田深处，举着那只伤手在那里躺下，哭了。

索尼娅哭了。她坐在窗台边，看着人造猫头鹰。她不明白自己为什么会哭，但凯特翘着浑圆的屁股站在公共汽车站旁的景象，一直在她心间挥之不去。一种不经意间的幸福，索尼娅想，并抽出一张纸巾。凯特要什么有什么，索尼娅想，而且是按照她想要的顺序。凯特从没有非分之想，她想，现在她为自己感到难过。这样哭一哭感觉像是放下，那种放不下进入了她的肚子。让她下巴放松下来，从某种意义上说这是好事，所以希望继续。但紧接着，它却无法继续了。索尼娅的眼泪干了，现在她坐在窗台边，正在考虑要不要去公墓那儿躺一阵。一副墨镜，一条毯子，然后直奔公墓，躺下来。但到了那里还是老样子，索尼娅想，她看看自己的手。一只普通的手，一只女人的手。随意看上一眼，你觉察不到它曾经摔破过。

## 11

亲爱的凯特，

　　看来我还是要试着写一封信了。你不要误会。我总得做点儿什么打发时间，哈哈！前几天，我跟新教练一起出去练车，我们聊到了比亚内——你知道的，培根·比亚内。他竟然买下了我们家的农场，真是奇怪。当年你跟他分手时，他打了你一耳光。我敢肯定我们都还记得，但我知道——那是很久以前的事了，而比亚内的内心的确一直很敏感。不过，凯特，每天得闻着那个混蛋邻居的臭气，而且要勇敢地面对——这需要胆量。对弗兰克也一样。我是说，如果他知道你们俩的事的话。在我这里，重要的是要找到你所归属的细分市场，然后融入其中，不要与众不同，要成为一条变色龙，然后逃离所有其他的社会关系。我怀念黏着某个人的感觉。就像带毛刺的小果。我希望自己能如亲人一样甩都甩不掉，因为在这里，到处都是特氟龙，很抱歉那次在比亚内的农场我说了那些关于死掉了的风景的话。这一切只因为你是我姐姐……

索尼娅把两面纸都写满了。现在她得决定值不值得弯下腰去，从打印机里抽出一张新纸。她本可以写一张明信片的。那样在篇幅上有天然的限制。优惠套装里有四张石楠明信片。不过也许没关系；索尼娅绝不会把她写的东西寄出去，所以没必要浪费明信片。没准我突然需要参加一个聚会，她想，那么当然就需要一张明信片了。尽管再也没有人举办聚会。在哥本哈根，聚会都变成了招待会。人们穿着细高跟鞋和休闲皮鞋，手里拿着酒和用牙签串起的开胃菜，晃来晃去，彼此说些无关紧要的话。他们的嘴巴朝着一个方向，目光却已经转向下一拨人。而且尽管客人们都属于同一个细分市场，交谈千篇一律，但那些废话也有等级之分，凯特无法明白这种事情怎么会成为一种折磨。

窗户敞开着。天气很热，太热了。天边有乌云在聚积，但不会真的下雨。过了不一会儿，给凯特的信就会躺在废纸篓里。这主要是一种情绪的宣泄。如果将它埋在心里，就会造成困扰。埃伦会理解这一点，莫莉可能也会。

索尼娅把这封信接着写下去。她抽出一张新纸，添加了她日常生活中的几个场景，谈了谈爸爸妈妈，然后结束时再一次说，她和凯特不再交流让她很难过。拥抱并爱你，你的妹妹。

索尼娅看着这封信，心里想，不知道凯特是否还清楚地记得她跟培根·比亚内在乡村集市上分手的情景，也可能他当时正醉醺醺的，所以才在俱乐部背后给了她一耳光。就是那样，一记软绵绵的耳光，不足以给她留下乌青的眼眶，这是索尼娅认为所有情侣间都必会发生的事。只有天上的神才知道，人们多少年来忍受着什么，但当凯特独自在家时，有太多这类的事情萦绕在那窄小的空间里。它们日复一日，让人难以忍受，她那非理性的恐惧把弗兰克赶进了涡轮机，把他赶上了驶向非洲的飞机，然后他站在那里，倍感孤独。他可以拿着水壶坐在猴面包树中间，没错，他可以坐下来唱歌。他可以坐在大草原上，但凯特在他的行李箱里装了干净的内衣和对埃博拉的恐惧。埃博拉病毒，疟疾，禽流感。由于凯特一定要这样，所以，恐惧在旅行帐篷里与弗兰克紧密相伴。过去的时光中拥有可以供我们建造桥梁以通向更好未来的石头——凯特不相信这一套。这也许很正常，索尼娅想，因为直到埃伦和莫莉出现之后，我才能真正理解人们普遍都有强迫症，想记住每一个细节。然后所有的一切都会涌现出来：手指上该死的倒刺，剃得乱七八糟的阴毛。齿龈炎，抽筋，对自身不足的恐惧，醉酒后软绵绵的耳光以及由此而来的乌青眼眶——应有尽有，一样不落。那些垃圾都会涌现出来！涌现出来！

　　但索尼娅有什么资格说教呢？索尼娅甚至想不起自己当年靠在冰箱旁时，那个穿咖喱色长袍的女人预测过她会有什么不幸。索尼娅意识到，你如果不相信神秘学，就无法提防它。而如果你真的相信，就麻烦大了，爸妈怎么竟然让培根·比亚内买下了农场？人怎么可以那么现实？因为如果把一切都吞进肚里，你最终就会被撑爆，她想起曾经逃出猪圈的那些猪崽，它们跑到了浓缩饲料那儿：后来躺在牲口棚的过道上，就像一个个静止不动的小型定时炸弹。但那些日子过去了。猪崽再也不会逃出猪圈，公寓大楼纷纷拔地而起，在索尼娅看来这就像堆乐高积木一般。市郊铁路在地下低吟，而她的臀部、脖子和肩关节都感到疼痛。

　　我需要的是行动，索尼娅想。我需要某种拔地而起的东西。某种浮力，某种灾难。

　　索尼娅拉开抽屉。里面有约斯塔最新一本书的护封，护封下面有些信封。她抽出一个，写上凯特和弗兰克的地址。那个地址她烂熟于心，然后她把自己写的信放进信封。贴上邮票。很快就把几张 A4 纸变成潜在的灾难。浮力，索尼娅想。行动！

　　直到稍后站在购物中心，考虑晚餐该吃什么时，她才恢复理智。这封信她不能寄。不是因为比亚内的事情。而是索尼娅表达自己的方式——信中的语气肯定会加剧她与凯特之间的隔阁。就像那次说到设备间和猪舍之间死掉的风景，说到魔鬼和无法生存的鸡，这就是症结所在：索尼娅说的那些话以及她说那些话的方式。

索尼娅不由得笑了。那些唑唑作响的话语让她的下颚松弛下来，在一家大码女装店门外，有一个孩子坐在婴儿车里，妈妈在看大号服装。孩子不会超过三岁，正抱着一袋葡萄干面包啃。他的脸上，尤其是手指上，都粘有面包。小家伙不仅身上粘有面包，好像还有点儿感冒。他把面包屑、葡萄干以及鼻涕、口水全糊在一起。听上去好像正因为鼻涕和嘴里的面包而呼吸不畅。在商店入口的某处，做妈妈的正埋头在一辆装有特大号内衣的购物车里翻找，而在索尼娅附近某处，孩子愣愣地将面包举在嘴边。他发现了索尼娅，眼睛一眨不眨地盯着她，正如索尼娅在盯着他一样。这无疑是个漂亮的孩子。但索尼娅无法摆脱她对幼年时在牲口棚过道上看到的那些小猪崽的记忆。它们横七竖八地躺在那里，肚子发白鼓胀。它们都死了，索尼娅无法让它们复活。她问爸爸能否想办法让它们重新活过来。因为死亡很可怕，她不明白永远的含义。她在恳求他掩盖真相，但爸爸说他们无能为力。时间不会倒流。"它们只能被埋进地下了。"他说。但事实并非如此，它们没有被埋进地下。而只是被扔在粪堆上，在很长一段时间里，索尼娅亲眼看着那白色的肚子渐渐变黑，有几只最后还撑爆了，真是不可思议，令人不堪忍受。那些猪崽因为贪吃浓缩饲料而做了傻事。但这个小小的错误却带来了可怕的后果，正是在那之后不久，她好说歹说让自己进了国内传道会，但无济于事，索尼娅想。现在她朝孩子走去，在他身边蹲了下来。一排从 L 码到 4XL 码的衣服挡住了他们，孩子的面包迟疑地举在嘴边。

"有人吃了葡萄干面包吗？"

孩子的眼睛骨碌碌地转着，找他妈妈。

"那可是一大袋哦！"

孩子的身子尽力往后靠，想看一眼妈妈。

索尼娅小声说："注意不要吃得太多。"然后站起身来，朝那位妈妈看去。

"您的宝宝很可爱。"她对她说。

做妈妈的笑了，说了一声谢谢。

"还很漂亮。"索尼娅说。

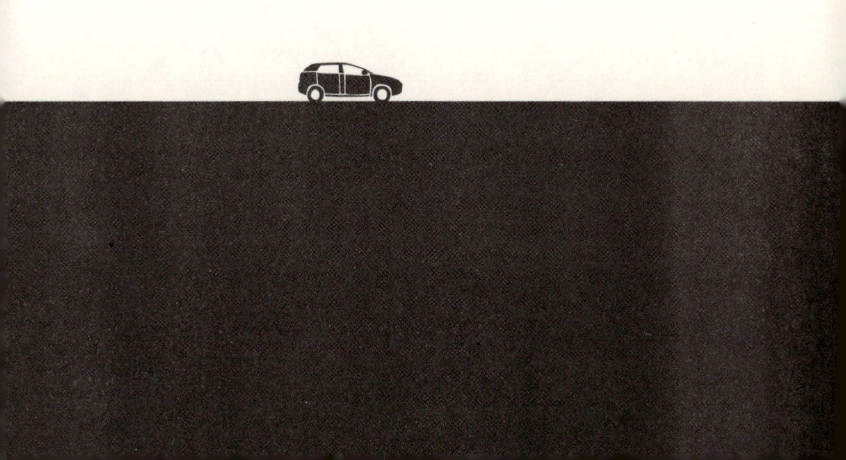

## 12

索尼娅躺了下来，双脚伸到了按摩床之外。她全身上下脱得只剩一条内裤，是鼓足了勇气才再来这里。鹿园事件之后，她原本可以干脆采取鸵鸟政策。比起今天带着僵硬的右肩来这里，换一位按摩师会简单得多。但如果撇开解读热情不谈，埃伦毕竟是一位出色的按摩师。

"后来我怎么也找不到你们了。"索尼娅说。

"你就不能在哪棵树后面解决吗？"埃伦问。

"我想也是。但接着就开始打雷了，我对在户外小解一直有心理障碍。完全尿不出来，太怕被人抓住了。"

索尼娅想起了巴灵的狗，想起那些狗和它们的主人。如果你的狗随地小便，你往往会按住它的鼻子在那儿蹭一蹭，想给它一个教训，让它不要再犯。但这种教法也给那些看到这一幕的人留下了阴影。索尼娅最近注意到，在使用陌生地方的卫生间时，她会再三检查门锁。因为担心有人会突然开门，担心有人看到她正蹲在那儿解手。老实说，她更喜欢待在树后面或灌木丛里，但这不能告诉埃伦。现在不行。

"有一次，我在日德兰半岛的一个湖边，"索尼娅对她说，"当时我住在那儿的一座修道院里，在翻译约斯塔的一本书，但多数时候我都躺在码头上，偷偷地读诗。有一次，我突然想方便，可那儿离卫生间很远。湖边有一条小路，人们星期天常去那儿散步，不过当时正好四下无人。所以我决定蹲在一个小船棚后面，背对着小路解决。我蹲在那里，哎呀，真是把我憋坏了。尿了很久都没有完，而日德兰半岛的人散步时总是悄无声息的。尤其是那些优雅的老人，当时正好过来了这么一位。我一时止不住，但反应还是很快，于是提起裤子，上前一步，结果差点儿掉进湖里，那恰好是丹麦最深的湖泊之一。就像挪威峡湾，从水面往下仅仅一英寸就已寒冷刺骨，再往下则是一百英尺的黑暗深潭。"

索尼娅看不到埃伦，但能听到她在轻笑。

"因此可以说我有小便创伤。"索尼娅接着说道。埃伦不禁笑出声来。

终于。这很好，太好了。现在她们又在同一边了——在说笑和按摩的这一边。索尼娅自认为可以从埃伦的手法中感觉到这一点，那双手摩挲着她的背部，并渐渐移到她的肩关节。她的肩关节很僵硬。

"知道你的肩膀为什么这么硬吗？"埃伦问。

"可能是因为我换了驾驶教练。"

埃伦十分欣喜。她一边捏着索尼娅的双肩，一边说，她认为换教练对索尼娅的治疗是一个突破。

治疗？

"事实上，我也一直认为这是个进步，"索尼娅说，"尽管尤特还在学校，你知道，而我的新驾驶教练……"

索尼娅觉得那节疤很多的地板上，米老鼠似乎在移动。又是那条狗淘气。它本该随叫随到的，现在却不肯出来。

"哦？新教练怎么了？"

"没什么，他确实在教我怎么换挡，只不过他上次教我的时候，握住了我的手。"

尽管在埃伦的诊所里，通常任何事情都该被解读一番，埃伦现在却说她不该对此作任何解读。

"但我对自己的学生身份感到困惑，"索尼娅说，"除了有关性的潜台词外，福尔克也不是一般的驾驶教练。"

"你喜欢他吗？"埃伦一边用力按摩一边问。

"我喜欢他很有主见，"索尼娅说，"对其他方面都不感兴趣。"

"那你的感情生活呢？请恕我冒昧。"

事实上，埃伦不该这样冒昧。再说，索尼娅想，你还好意思问。你看上去可不是那种被人悉心照料的人。你的目光，你东跑西颠的状态——显然很饥渴，巴不得被弄得意乱情迷、神魂颠倒。住在玻璃房子里的人[1]……索尼娅这样想着，另外还有一个人也喜欢把别人的感情生活挂在嘴上，那就是莫莉。她总认为理想的感情生活就应该像她的一样。但实际上，莫莉的感情生活一团糟，她总是急切而忙碌地把现状搅乱，又要小心避免引人生疑。有几段时间，她总是让工人们到家里去。莫莉和律师的房子里老络绎不绝地有工人进出——更不用说什么萨满和算命师了。那些人让莫莉在生活中抄捷径，而莫莉诊所里的客户却得绕远路。"去一趟地狱对灵魂有好处。"莫莉说，但她决不会亲力亲为。每当她的存在性焦虑威胁着要将她吸进小时候的那滩酸乳浆中时，莫莉就会让木匠们过来，将赫斯霍尔姆别墅的所有窗户检查一遍。水管工、油漆工和烟囱清洁工负责处理实际的问题，其他的则交给新世纪鼓手。于是剧院魅影就在掌控之下了，但到了晚上，第二幕的幕布徐徐拉开。莫莉躺在那里，想不起自己的台词。她浑身冒汗，也许是因为焦虑，也许是因为更年期。无论如何，这都令她不快，所以到了

---

[1] 语出西方谚语"住在玻璃房子里的人不要扔石头"，因为无论是别人扔自己，还是自己扔别人，都会砸碎房子，伤及自身。即"正人先正己"的意思。

早上，律师开车去上班后，她打电话给水管工，因为水龙头得好好的。它不能漏水，不能，那张心形面孔不能有任何不对劲儿，然后她作好了去诊所的准备。诊所位于赫斯霍尔姆别墅的地下室。莫莉跨过门槛的那一刻，全身充满了洞察力和同情心。而每次返回主屋时，她甚至还没走完车道——车道旁的杜鹃花缺乏生长所需的酸性土壤——就开始胡思乱想，担惊受怕。但在诊所中，她有彩色粉笔和香薰蜡烛，还有对那些她觉得懂得比她少的人的影响力。

"你不想谈谈这事儿吗？"埃伦问。

"什么事儿？我们刚才说到哪儿了？"

"你的感情生活。"

"哦，这事儿啊。"索尼娅说，然后不再多言，也许正是这一点让埃伦感到不解，但随她去吧。

妈妈相信我可以坚持自我，索尼娅想，在很多方面这反而害了我。如果当初不许我那样，那么此刻我就会和一大家人坐在一起，但那趟火车已经离站。如果想维持亲密关系，你就得去适应，如果说有谁明白这一点，那就应该是妈妈。凯特也明白。还有爸爸。

索尼娅低头看着地板，她别无选择。她想起凯特总是在辛勤工作。就像埃伦一样，她忙于让残疾人的生活更加轻松。她有两个儿子，都已经长大离巢。她有一条金毛猎犬，还是体操和健身俱乐部的会员。她会烘焙圈形脆饼，会给爸爸妈妈历经沧桑的脚织羊毛袜。

"你又紧张起来了。"埃伦说。

"是吗？"

"你在想什么？"

"我想，我在想我姐姐。"

"想跟我聊聊她吗？"

索尼娅撑着胳膊肘稍稍抬起身子。是她的脖子绷紧了，她看到了埃伦的一个天使。那个天使脖子上有一根细绳，被挂在窗户上晃来晃去。

"不，不太想。"索尼娅说，"只是因为变速杆的事。你试过在日德兰半岛开车吗？"

埃伦试过，索尼娅能想象那情景：她开得很熟练，不管是前进、倒车还是平行停车。

"那你有没有注意到，他们都是用老二开车的？"

"这话怎么讲？"

"真的，他们都是用自己的老二在开车。就像男人：我先，我先，我先。女人也一样。紧贴着前面司机的屁股，停在那里，一等到有足够的缝隙就连忙挤进去。在日德兰半岛那又直又长的公路上，他们的车挤成一团，彼此的保险杠只有一码之隔。路上有大量的空间可以容纳所有的车，但他们仍然一小拨一小拨地挤在一起相互骚扰。我的外甥们就是这样——用他们的老二开车的。在前进的路上，司机们都挂在彼此的脖子上喘息着。日德兰半岛的交通死亡人数位居全丹麦之首。有一次，我妈妈和我在一条辅路上被一个女人超了车，她好像是卖特百惠的。反正那辆车的车身上有'特百惠'的字样，它从我们身边呼啸而过。我妈妈后来不得不把车停靠在路边，好让自己缓过神来。我用这种字眼儿会让你不舒服吗？"

"什么字眼儿？"

"比如'老二'之类。"

"你想怎么说就怎么说好了。"

好吧，索尼娅对着地板上的米老鼠想。老二，老二，混蛋的老二。

当她让自己爆粗口时，下颌的肌肉变得舒缓了。说脏话对嘴部肌肉有好处，而她知道的脏话还真不少。她可以让一大串污言秽语在埃伦的诊所里奔涌而出。

"我就像我妈妈，"索尼娅说，"我们拥有丰富而广阔的内心世界。我们都很聪明。但作为女人，我们不够贤惠。"

按摩的双手在她的脖子上松了劲儿。仿佛她说了一句令人震惊的话。就像一道闪电，赶走了房间里所有的空气，索尼娅躺在那儿，等待埃伦作一番解读。但她显然想放弃这个机会。

"那么，雷雨期间，你到底在巴肯的什么地方？"

索尼娅没有提蓝色咖啡壶和来自巴勒鲁普的那对乐手夫妇。现在她和埃伦已经重归于好。索尼娅不必节外生枝。她不知道自己在巴肯是否开心，但总比跟着埃伦去鹿园要好，因为鹿园并非真的自然。那些赤鹿太过驯顺，不像那些在爸爸的土地远处来回游荡的庞大鹿群，它们会自己找到储藏块茎植物的地窖。坐在外面看它们反刍很有意思。它们拥有大大的耳朵，瞪羚属的天性，大冬天里在冷杉林中穿行，在荒野上长距离游荡着。在那儿的某个地方，有大天鹅会飞下来。它们有黄色的喙，又长又白的脖子。而在外围的某个地方，爸爸的观鹿台犹如一把巨大的高脚椅在虚位以待。

那是个充满力量的地方，索尼娅想。爸爸会以想打猎为由坐在那里。我也会坐在那里，因为那是回归自我的最佳之所。但我们俩想要的是同样的东西。一旦克服焦虑和厌倦，你在那里就有了生气。能完全感受到自己的存在。对爸爸来说就是那样，而妈妈的那个地方在她内心深处，我则想两者兼得：内心深处和大自然深处。

索尼娅透过半眯的眼睛打量着埃伦。从这个位置看不到埃伦的脸以及那双昏沉的眼睛，只能看到她的腹部。埃伦自己可能没有意识到，但她喉咙里发出了轻微的哼哼声。她一边为索尼娅按摩，一边发出这令人愉快的声音。而除了索尼娅的身体之外，埃伦好像还想把手指沉入那种你在野地尽头发现的力量之中。你在鹿园里可找不到那种东西。只听听那个名字就知道！索尼娅想，这一点她无法向埃伦解释。她怎么会明白，有些现象的存在需要一片杳无人迹的空间，一块空旷、荒蛮、寂静的土地。

"你们的冥想进行得怎么样？"索尼娅试探地问。

"我们藏在一片灌木丛里。"埃伦说。

"看到公鹿了吗？"

"你是说那些体型更大的鹿吗？"埃伦问。

是的，现在索尼娅得翻过身来仰卧着。她每次这么做时，埃伦都要谈起她的眩晕，说这跟身心失调有关。

"这是一种失衡的病状。"

"是的，有这个原因。"索尼娅说。

"而失衡的根源在于某种精神因素。你的生活中有某种不停在旋转的东西。某种不知道如何表达自己的东西。"

"我的医生更倾向于认为，我的耳朵里有些小石子需要沉降下去。"

"可医生毕竟是医生，你知道。"

而石子毕竟是石子，索尼娅想。

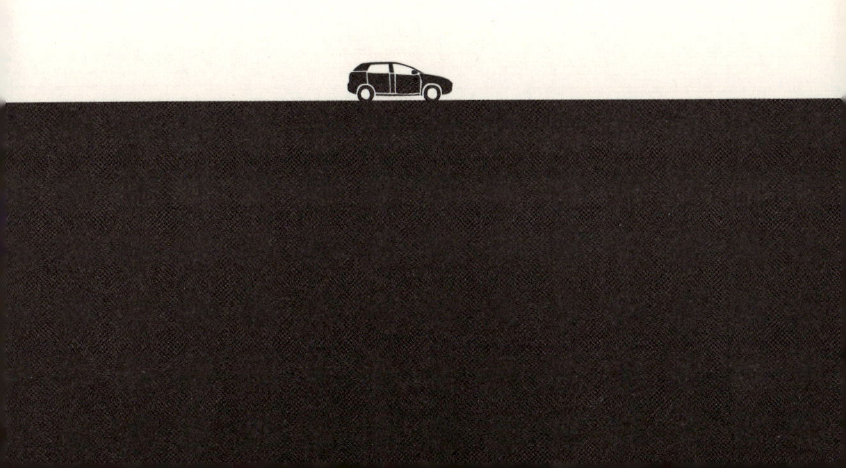

## 13

在瓦尔比埃伦诊所的上方，天空已经乌云密布。索尼娅躺在按摩床上时，一直在听远处的雷声。快结束时她还小眠了一会儿，不过现在已经重新站好。

"天气太闷了，让人喘不过气来。"埃伦说，并建议索尼娅留下来喝杯茶，等雷雨过去。

但埃伦的猫进入了画面。这只猫差不多有二十岁，长毛缠结，瞳仁灰黄。肯定是某种波斯猫，反正它的脸很扁平。有时，索尼娅把腿伸到了按摩床之外，它就会坐在门口，一眨不眨地盯着她。索尼娅喜欢猫。当然，是那种惹人怜爱的或顽皮的猫，不过，由于狗会反映主人的本性，索尼娅不敢去想这只猫可能代表什么。

"它上年纪了。"索尼娅在门厅里说。

"是啊，很快就会每况愈下。"埃伦说，并忧心忡忡地看着那只在她们身后蹒跚而行的猫，接着她再一次邀请索尼娅喝杯茶，"我想告诉你去美国的事儿。去南加州。"

埃伦脸上焕发出一种索尼娅从未见过的光彩。就像十二月黑夜里的圣诞树。

"加州？"索尼娅问。

"是的，加州！"

埃伦把喝茶之事撇到一边，开始告诉索尼娅，她和共同组织过鹿园活动的安妮塔准备去圣迭戈。她们要去见一个有医学直觉的女人。她声名远扬，因为她只要用眼一看，就能判断一个人得了什么病。而且不仅如此，她还能说出那个人为什么会得这种病。她尤其善于发现乳腺癌的心理致因。

"如果一个女人把事儿都埋在心里不说，就会积郁在乳房里。"

"但女人往往是说得太多。"索尼娅说。

"我是指重要的事儿。感情生活，性。与父母的关系。与孩子以及男友们的关系。"

"所有的关系吗？"

"是的，可以这么说。"

索尼娅不由得想起凯特和包里那个贴好邮票的信封。她这辈子都不会把它寄出去。她只是假装自己可以做到，但一想到不愿意寄这封信可能会引发乳腺癌，空气便变得黏稠起来。那只猫的目光也突然显得浑浊。

"那个直觉敏锐的女人一直在研究生活经历与病历之间的关系。我们得把那些东西排解出来。从体内排解出来，全都排解出来。"

埃伦用双手做着排解的手势。她经常这样做。仿佛只要我们能用手抓住自己体内那些不好的东西，就能将它们扔掉。是的，只要它们伸手可抓。

"我曾经与一位算命师交谈过。"索尼娅不由自主地说。

"是吗？"埃伦双眼发亮，问道。

"是的，我当然并不相信她的话，但后来还是慢慢信了，因为——嗯，因为我对未来很担心，因为我觉得她预言了我将来发生的事。事实上，我想不起她说了些什么。我把它埋进了心底，我想。"

埃伦体内那棵圣诞树的树梢上出现了一颗星星；她呈浅绿色，散发着冷杉的气味。索尼娅现在要向她敞开心扉，与她分享那段经历。

"听起来不同寻常。"埃伦低声说道。

"也许吧，"索尼娅说，"反正她说我会恋爱不幸，到头来果真如此。但其他内容我都忘了。到了夜里，我有时会害怕她说了一些可怕的事儿，所以我才记不住。但另一些时候，我又担心她可能说了一些好事儿，一旦记住就有失灵的风险。我不信算命。根本就不信。但你如果不相信神秘学，就无法提防它。这是个奇怪的悖论。几乎像第二十二条军规。"

埃伦把自己的脸凑近索尼娅的脸。

"那女预言家是个老古董。"她说。

那只猫想依偎在埃伦的脚边。它也是只老古董，现在远处无疑响起了雷声。

"是的，但这一趟路程很远啊，"索尼娅说，"我是说去圣迭戈。我想你们到那儿后，会花点儿时间转转吧？"

"我们星期五出发，星期天晚上飞回来。"

索尼娅显然没有听很明白。

"你是说去一个多星期吗？"

"不，就是从星期五到星期天。"

"你们去圣迭戈只是过一个长周末吗？"

"是的。"

索尼娅不知道该说什么。她也不需要再多言。从埃伦的表情来看，她知道这简直是疯了。

"如果你真的热衷于什么，就得抓住机会。"她说。

为了演示，埃伦伸出手，抓紧索尼娅的上臂。索尼娅不喜欢这种接触，她很想抽回胳膊保护自己。

"但只去三天？"索尼娅一边问，一边揉着自己手臂上埃伦刚松开的地方。

"如果你真的热衷于什么，就得抓住机会。"埃伦重复道，索尼娅又朝门口迈了一小步。她害怕埃伦会头脑一热而伸出双臂搂住她，把她拉进怀里。她害怕埃伦眼睛里的光，害怕她身后的门随时可能打开，让人看见房间里正发生的事，索尼娅其实并不了解她。她也不想了解她。她想要埃伦有力的双手放在她身上，而不是搂住她，不，她不想被擒获，她想尽量避免再次被触碰。不过，埃伦却在告诉她，那个有医学直觉的女人通过让人们在她身边围成一个圈，可以在他们的结缔组织中看到未来。

"看到未来？"

"是的。结缔组织是一种在你所有的器官、骨头和关节之间及内部穿来穿去的网状组织。结缔组织联结着一切。他们发现结缔组织可以抵抗癌细胞，尽管癌变总是从结缔组织开始。结缔组织有一种奇怪的二元性，但这是因为它还与精神状况有关。可以把结缔组织比作一张纸，我们在上面写下了所有不能说的东西，让它慢慢发展成了癌症。精神创伤寄居在结缔组织中，它永远不会离开人体。比如说，你有时感到眩晕，那是因为你的结缔组织想告诉你什么信息。"

有趣的理论，索尼娅想，并屏住呼吸，因为埃伦的目光正探究地看着她。索尼娅应该让自己受到鼓舞。然后她们就可以一起从地面升起，也许埃伦还很能哭，就像她能站在这里光彩照人一样。索尼娅不知道，她只知道自己不想卷入其中。她每小时花 400 克朗可不是为了卷入其中。

索尼娅抓住门把手。刚才在按摩床上说"老二"时的宣泄感已经消失，她的下巴又变紧了。

"医学直觉就是未来，"埃伦说，"现代医学完蛋了。"

索尼娅低头瞥了一眼埃伦的猫。它看起来就像根香蒲草蒲棒，只不过在被人慢慢拔掉茸毛。

"所以我和安妮塔坐飞机去，"埃伦接着说，并将索尼娅送到门外，"我告诉你这些只是因为你下周不能来按摩了。"

瓦尔比的上空雷声隆隆，而埃伦体内的圣诞树已经燃烧起来。索尼娅说不管是否打雷，她都得骑车走了。埃伦无法说服她喝杯茶，不行。她们在露台上告别，索尼娅祝她旅行愉快，然后一转眼就骑上了自行车。她还没有骑出住宅区，雨点就落了下来。片刻之后，天空中雷电交加，天地之间开启了一场宏大的交流。

　　埃伦家所在的小区有几条时尚的林荫道，有人在其中一处搭了一个棚子，棚子里面有一条长凳，本意是让当地人能坐在这儿喝一杯，但是，那些愿意坐在户外喝啤酒的人，却买不起这个小区的房子。索尼娅把自行车靠在棚子上，自己坐进棚子里，听着雷声。

　　医学直觉和宇宙力量，她想，并有点儿脏脏的感觉。她仿佛带了一个江湖骗子回家，是的，仿佛寂寞使她成为一个容易被推销员忽悠的傻瓜。她身上还残留着一丝香薰的味道，不过也可能是魔法树牌空气清新剂的气味，或者是劣质古龙水、后座上的毯子或者她大腿间黏稠物的味道。

　　圣迭戈？

　　人们都在受一些什么东西的驱使啊！

那个萨满，也就是曾经跟莫莉厮混过一段时间的那个比利时人，像绦虫一样苍白细长，几乎也像绦虫一样贪得无厌。他在哈勒斯科芬一带跑来跑去，敲着小鼓，抛撒着鼠尾草。他是布鲁塞尔一名公务员的儿子，却完全能够在丹麦的郊区施加魔咒。对一切事物的本质，哪怕只存在一丝的不确定性，都会在世界上造成各种焦虑，索尼娅想。因为莫莉想让萨满从背后干她，他应该随叫随到，让她好好地快乐一番。律师可能是个好父亲，但莫莉更喜欢会玩魔术纸牌的人。那是激情，她当时说，但当她终止那段关系后，又变得害怕起来。于是她会把窗户关得紧紧的，或者坐在咖啡馆里对着索尼娅抽泣。她想不明白那个萨满怎么会诱骗了她。她可是心理学家啊，索尼娅也觉得这很奇怪。可我有什么资格评价呢？索尼娅想，并回想起那个穿咖喱色长袍的算命师在莫莉厨房里的样子。

　　我希望能记起自己的未来，她想。但我又希望能忘记她给了我一个未来。如果她真的给了的话。

　　天空中电闪雷鸣。轰隆隆的雷声一阵阵地从南边传来。雨水冲刷着柏油路，雨下得越大，索尼娅在埃伦家的不适感就消散得越快。

　　打雷是一件好事。当她和妈妈一起坐在天窗下观看打雷时，爸爸更愿意在下面的客厅里转来转去。他会拔掉电视机的插头，并确保自己远离窗户。就算把他放在外面的车里，向他保证这样很安全，也无济于事。"我跟地面还是有接触。"他会说。他无法理解在他和强大的雷击之间隔着四个子午线轮胎。在爸爸看来，他总是在接触地面。如果索尼娅和妈妈运气好，闪电时爸爸不在家，她们就会脱掉鞋子，然后走到大雨在院子里冲出的水洼中蹚水，而凯特会朝她们大呼小叫，要她们离开那儿。

真是不可思议，我们居然敢那样做，索尼娅现在想。仿佛那种行为不会要我们的命似的，不过我们当然没有丢命。

她的身体在嗡嗡作响。一小簇一小簇的胺多酚正被分泌出来，是按摩在她体内起了作用。她的右肩暖乎乎的，有了活力。酸痛还在，但感觉暖乎乎的，像血液回流到了冻僵的手上。还有老天的作用：老天在下着倾盆大雨。当雨如此猛烈时，她看不见自己迷失于其中的城市，也听不到它的声音。居民们都已消失，车辆停到了路边。人们坐在厨房里为地下室担心，或者正站在雨阳棚下向外张望。

索尼娅脱掉鞋子，伸展着自己的长腿。脱掉休闲皮鞋的感觉很好。她想到了爱情，因为保罗仍然是她意识中的一个有机组成部分。现在回头想想，他的面孔对她有一种独特的吸引力。保罗对她的确有影响，但如果不是因为索尼娅对一切都难以忘怀——除了她的未来，已经记不起来了——那种影响也不会这么持久。

在老家巴灵，人们都将就着跟身边的人上床。反正你不会去别的地方。你不得不从手头的人选里挑，而可选择的并不多。但你学会了凑合，学会了容忍，并坚持下去。可索尼娅不是那种人。

索尼娅十六岁时，凯特曾经告诉她对事要有耐心，她应该继续与肯尼斯约会。肯尼斯对高个子姑娘并不反感，她也不用一开始就爱上一个人。只要多一点儿时间，她心里就会慢慢产生感情。就像苔藓或者酵母。总之，这种感情会与日俱增，因为他们之后会总牵绊在一起。因为他们周围的世界已经习惯了这种组合。这个角色塑造得很可能像煎饼一样扁平，但它不用费力：只需要索尼娅经常陪肯尼斯跳几支慢舞，经常感受肯尼斯的舌头在她口腔里探索，让肯尼斯把手伸进她的内裤，任他的手指在那里抚弄。你所做的就是这些：选择，或者确保自己被选择。当情况确定下来，母牛再也不会跑到外面的冰上，大家就可以松口气。你再也不是自己班上的一个潜在奇葩或叛徒了。

后来肯尼斯邀请索尼娅去电影院，观看朱迪·福斯特[1]主

---

[1] 朱迪·福斯特（1962—　），美国女演员、导演、制片人，凭《暴劫梨花》和《沉默的羔羊》，在三十岁前两次获得奥斯卡最佳女主角奖。

演的电影《暴劫梨花》[1]，但索尼娅已经看过了。凯特认为这没关系，看电影主要是为了培养感情。可索尼娅看过《暴劫梨花》，知道电影里有五六个男人在弹球机——就是体育俱乐部里常有的那种弹球机——上轮奸"朱迪·福斯特"的情节。索尼娅不愿意他们的关系经受那种影响，最后她让肯尼斯在电影院门前空等一场。他身高五英尺六英寸[2]，是苗圃老板家最小的儿子。一个不错的小伙子，擅长与动物打交道。凯特当然根本理解不了，她觉得索尼娅违反了规矩。

不过，甩掉肯尼斯是我在所谓的感情生活中所作的最明智之举，索尼娅想，头顶的天空正电闪雷鸣。还有托尼，就是娶了玛丽的那个家伙，那次站在凯特和弗兰克家后面的走廊里，当时我们在搞烧烤聚会，大家变得很疯狂，然后他掏出了自己那玩意儿。

他站在凯特的烘干机旁，问："你不想把它放进嘴里吗？"他看上去就像米老鼠，是的，像长着大耳朵的米老鼠，虽然他那东西看起来更像郁金香，一枝刚剪下来正含苞欲放的白郁金香。尽管愿意把那东西含在嘴里会萌生一种力量，但你也不该

---

[1] 1988年上映的美国电影。讲述了一个争取司法公正的故事。少女莎拉在酒吧里跳舞，引起了一群男子侧目，莎拉被他们当众强暴。事后莎拉到法庭起诉，但没有人愿意为她出庭作证，包括她最好的朋友。涉案男子们也只被判了九个月徒刑，就获假释出狱。最后，莎拉在女检察官凯瑟琳的帮助下，经过坚持不懈的抗争，终于让恶徒们得到了应有的惩罚。

[2] 约168厘米。

低估拒绝触碰它的力量。

索尼娅收起双脚。她回顾了一下自己交往过的那些男人。名单并不是太可观，但还是留下了印记。就像廉价的性本身。瘦肉，羊毛脂，橡胶的味道。帕列·米克尔堡和淋浴隔间，然后是才成年那会儿总试图改变自己和留住对方。先是已婚的大学副教授，接着是作曲家，但是他爱喝酒，后来还成了酒鬼，索尼娅居然以为自己可以改造一个自恋狂——现在她脱掉了鞋子，坐在这里，觉得那真是不可思议。别忘了还有那时候，去与刚离婚的男人交往。比如保罗。

他也在日德兰半岛那个偏远的修道院里，就是那个通灵的女服务生所在的修道院。那是一个清晨，索尼娅一抬眼就看到了他脸上的光彩。看来就是他了，她当时想：不幸的爱情。

保罗说他在 10 号房间里看到了鬼魂。当时他躺在床上无法入睡。公路上的声音在荒野中回荡。他周围的一切似乎又变年轻了。他正看着桌子时，升起了一团雾。那团雾朝躺在床上的他飘去，他不得不坐起身，好把她看个清楚。因为那是一个女人。"我现在不敢再在 10 号房间睡觉了，"他说，"你睡在哪儿？"

索尼娅在 7 号房间，她认为鬼魂是一个男人，留着时髦的山羊胡子。保罗说她错了。"鬼魂是一个女人——跟你一样。"

于是，索尼娅一方面有一种奇怪的飘飘然之感，另一方面又觉得不如让这段不幸的恋情尽快过去，好让她的生活继续前行——当然是在它过去之后。当时她莞尔一笑，保罗顿时更神采焕发。他的五官都洋溢着暖意，索尼娅不明白这是对方在打她的主意。她以为是她激发了保罗脸上的暖意。可是她错了，因为男人的本性就是希望女人奉上自己的身体，索尼娅当然看到了这些迹象。不过说到底，保罗并没有掩饰他对曾是青少年偶像的吉特·亨宁的吸引力。他也不是没有在自己的信里签上淘气的别名。爱你，书呆子保罗，他写道；他还写过，爱你，欧吉妮小姐。

但索尼娅必须经历那场不幸的恋爱。这很艰难，时至今日，只要路过一张光彩熠熠的面孔——比如南瓜灯——她都会想到前任保罗。保罗和那个他其实更喜欢的二十多岁的女孩。那种女孩会仰慕他，想嫁给一个父亲般的男人。

我有一种不幸的倾向，总是爱上那些不会真正看到我的男人，索尼娅想。他们看不到我，但我真是个斗士，妈妈常说。她说我无所不能。但是"我无法让你爱上我"，索尼娅想。接着她记不起来这首歌是谁唱的。她不得不从短裤口袋里掏出手机。她飞快地搜索信息。找到了，邦妮·瑞特[1]，但索尼娅现在忘了：她刚才在想什么？她找不到回去的路，它自动关闭了，

---

[1] 邦妮·瑞特（1949—　），著名的美国歌手和吉他手，将多种音乐元素融入自己的蓝调音乐中，使之成为独一无二的风格。

雨水一波接一波地漫过柏油路。老鼠很快就要来了，她想。当下水道的水位升高时，它们就会向上游。当下水道被灌满时，它们就会游向窨井盖。一旦水位升到那么高，老鼠就会淹死，这是好事儿。对，这是好事儿。

## 15

如果你开车从巴灵出发，朝斯凯恩河以及灵克宾潟湖一路南行，就会看到一片荒野。它叫伦堡，妈妈就是在这片荒野边出生的。她经常告诉我们，它与丹麦的其他荒野不同，伦堡从来没有被开垦过。那里的土地主要由碎石和沙子组成，连一棵小树苗都难以长出。荒野已经在那里存在了几千年，没有经过人类之手改造，它辽阔、怪异、变幻无常。人们常常讲起自己如何在荒野上迷路。据说即便在这片区域内确定了参照点，地形也会不断变幻。它旋转、变形，为所欲为。后来在妈妈年轻的时候，有个美国人搬到了这一带。他不害怕这种地形。每到周末，不管天晴还是下雨，他都会前往荒野，还时不时地失踪。他妻子有好几次不得不给警察局长打电话，尽管她丈夫到头来总是会露面。然后她就会数落个没完，说他没有照顾好自己。

但他其实采取了措施：美国人在干树枝上系了丝带，用粉笔在石头上画了叉号，尽管在荒野上，这类标记往往会移动。"时间和空间在那里表现得不一样。"美国人说，他也知道自己在说些什么，因为美国就有很多原始的荒野，它们一望无垠，丰富多彩，并形成了自己的意识。那里的人们都知道，草原、山脉和茂密的森林都有自己的性格。"我们屈从于某些法则，它们却超越其上——或者更准确地说，它们从不受这些法则的制约。"美国人说，并认为这些自然形态丝毫不在乎人类个体怎么想。荒野蜿蜒曲折，时左时右，随着宇宙的曲线而起伏。当荒野展露自己的面目时，一个渺小的人会感到晕头转向，于是这个渺小的人会东跑西奔，寻找文明。"可那个美国人呢，"妈妈说，"却会在那儿的一块石头上坐下，他会一直坐在那里，直到地形稳定下来，不再变动。然后他会走回家。他说自己很快乐，我们的牧师也赞成他的观点，尽管他建议人们不要进入荒野。牧师说，那里有些不可小视的力量。"

"是什么样的力量，妈妈？"

"我想是母性的力量。"妈妈说，于是索尼娅朝野地尽头走去。

她穿过林场，走到开阔的地方，并继续向前，向前。她来到大天鹅栖息之处，然后坐了下来，就像那个美国人在伦堡荒野坐下来一样：她放弃主权，回归自身，将人们抛到脑后，穿着黄色木屐的她在那里很快乐。

　　但从南法珊街不知不觉就到了腓特烈斯贝。索尼娅马上就要下公交车了，如果尤特站在驾校门口等着怎么办？如果她站在那儿准备大发雷霆怎么办？有些人就是通过发火来刷存在感，你该如何躲开这种人？他们无处不在，在一个像煎饼一般扁平的世界里，你很难让自己隐形。索尼娅内心忐忑。这是跟福尔克一起学车所致，但也是因为她害怕正面冲突。

　　索尼娅按了停车按钮，然后像个老太婆一样站起身。她害怕发晕，不得不既保持头位不动，又让头与身体同行。现在不能侧着或歪着。走下公交车的台阶，踏上市区的人行道，小心，小心。不是因为她眼下感到头晕，而是因为她不能发晕。索尼娅不想坐在福尔克身边却无法掌控自己的手。他的手很勤奋，手指修长，索尼娅的背包里装着书。在翻译约斯塔的空档期，她时不时会翻译一本历史小说，没准福尔克的妻子也喜欢这种书，而且他们在车里时，要像他妻子就坐在后座上一样。

　　索尼娅步行穿过腓特烈斯贝。她想起那封仍然放在她包里的信。就算对她的结缔组织有好处，她也不想把它寄出去。是的，她不会寄，同时她还希望尤特带某个学员出去开车了。自从开始学驾驶，索尼娅就特别留意驾校的车辆。这跟那些妈妈总会留意推童车的其他女人道理相同。她们同病相怜。就像游击战中的一员，她们不需要用语言来描述彼此的实际情况，她们不需要手势，一个眼神就能说明一切。尤特可以从中学到一点儿东西，索尼娅一边沿老国王街走着一边想。

几乎每个红灯处都有驾校的车，方向盘后坐着全神贯注的年轻人。索尼娅偶尔会看到一个年龄稍大、面有愧色的人，但此时此刻，她密切关注的是坐在教练座位上的人。

是尤特吗？

不是。

是尤特吗？是尤特吗——？

不是。

索尼娅转向福尔克驾校所在的街道。这是一条停满汽车的小街。福尔克的车很好找，它看上去就像一位身材魁梧的篮球运动员的球鞋。索尼娅朝它走去时，心里并不踏实。她依稀看到车后冒出了一个人，头发呈红褐色，正吐出一口烟。

是尤特吗？

是尤特。

她从自己的现代车里出来抽烟，从这个距离看去，她这支烟大概还要抽上七分钟。她也许像福尔克所言有一颗豆腐心，但那颗心受了伤，而背叛她的索尼娅现在正送上门来。

索尼娅已到中年，是个成年女人，却不敢从尤特身边走过。眼下的处境让她十分纠结，觉得进退两难。一方面，她知道自己的举止应该像个成年人；另一方面，她却无论如何都不想面对自己的背叛。当福尔克告诉尤特，索尼娅其实并不是她在车里假装——如果她真在假装的话——的样子时，尤特肯定大为惊讶。尤特的确将索尼娅强行拉入她的世界，认为索尼娅是其中的一部分。这种感觉很像索尼娅在游泳馆里，被尤特一把拽进了她的更衣间，在那里，尤特一边脱掉全身的衣服，褪下大码内裤，一边喋喋不休地怒骂全天下的司机。她把索尼娅卷入她的家事中，让索尼娅看她染了色的阴毛。

尤特无疑会认为了解这么多的私密情况后，索尼娅不可能一走了之。她毕竟已经加入进来。但索尼娅还是设法溜出了更衣间，而现在尤特就站在那里，吞云吐雾。

索尼娅小心翼翼地退避到一个建筑的门口。这是本地象棋俱乐部的门口，俱乐部似乎只在傍晚开放。索尼娅以前来上福尔克的理论课时，常常瞥见棋手们让破旧的窗户蒙上水汽。俱乐部里都是男人，其中不少人显然很高。当她站在那里捣鼓自行车锁时，时不时地会有棋手出来，在暮色中抽烟。他们身材高大，头发稀疏，会站在那里讨论着王车易位。索尼娅觉得他们身上有一种让人感到安全的东西，一种封闭、亲切、几乎令人陡生信任的东西。但现在是上午，俱乐部里似乎空无一人，而索尼娅则躲在门口。尤特的学生迟早会来，到那时，危险就会解除。

这的确是一种恐惧，她想。无论如何都说不过去。我在福尔克的店里购买了一件商品。尤特是成年人，且差不多算是教育者。我不应该害怕她。

她小心地从门口探出头。在右边较远的地方，她现在可以看到福尔克。他站在那儿的台阶上正和尤特在一起聊天，仿佛什么都没有发生，接着，索尼娅身后的一扇门开了。

"抱歉，借过一下行吗？"

一个男人正站在楼梯间，想出门到街上去。这是个高个子男人，看上去像那些棋手之一，如蛇一般精瘦，但他还推着一辆婴儿车。车里坐着一个两三岁的孩子，这孩子显得闷闷不乐。他不想出去，而且无疑不想跟这个男人一起出去。

"哦，当然。"索尼娅说，并连忙退到一旁。

婴儿车冲过门槛。棋手对孩子很生气，孩子也对棋手很生气。孩子在婴儿车里摆出傲慢的样子，而棋手在把他推过门前台阶时动作有点儿太粗暴了。接着，孩子的玩具熊掉在了地上。

"我来捡。"索尼娅说。

她迅速弯腰去捡那只玩具熊，刹那间，位置性眩晕发作了。

这是一次急性发作，是那种让她的眼睛无法聚焦的发作。在索尼娅的脑海中，有个地方突然黑了下来，她不得不伸手去抓棋手。她抓住了他的胳膊肘，并紧握不放，尽管大半个身子已经不听使唤。她的身体东倒西歪，大脑天旋地转，但在感觉要倒的过程中，她还是设法道了个歉。

"我只是有点儿头晕。"她说。

"你要不要坐下来？"棋手问。

"好的，谢谢。"索尼娅说，但这是一次严重的发作。

她好不容易才让自己坐下，而没一头撞向砖墙。棋手松开了婴儿车，索尼娅伸手去抓他的腿，然后紧紧地拽着他，他也紧紧地拽着她，她差点儿要哭出来。她能感觉到棋手的牛仔裤以及裤子里面坚硬的胫骨和他的皮肤。这是一种突如其来、出乎意料的感觉。

"哦，天哪。"他说。

婴儿车载着生气的孩子在人行道上向前滑去。但棋手是个现代人，他一手抓住生气的孩子，另一只手仍然抓着索尼娅不放。在远处的某个地方，尤特踩灭了烟头，但索尼娅没有看到，她正双眼紧闭，感到昏天黑地。

"你现在能坐起来吗？"

"是的。"她说，并把头靠在身后的门上，"你瞧，我只是得让头部保持不动，一会儿就好。"

"你确定不需要给什么人打个电话吗？"棋手问，他显然只是一位普通的住在这幢楼里的父亲。

索尼娅的几个世界慢慢地相互重叠了。现在她能看清帮助她的这个男人了。他脸上有不安之色，婴儿车里有个气坏了的孩子，腿边还有个女人。索尼娅放开了他，孩子哭闹起来。他不要这样，他要出去，下去，然后再进去。这个孩子抱着不愿做任何事情的强烈意志。他妈妈无疑就在楼上的家里，也许她刚刚编好辫子，正准备坐下来喝杯咖啡，也可能就站在家里看着窗外，看着索尼娅、天空以及成群起飞的鸽子。

"我要不要给你家人打个电话？"

棋手已经拿出手机。

"不用，我只是得坐一会儿，"索尼娅说，"这是一种被称为 BPPV 的病症。"

这个名字对棋手来说太复杂了。

"耳石症。"她试着换一个说法。

还是太复杂。

"一种家族遗传病。"

索尼娅现在可以看到那个男孩，他开始大哭大闹起来，泪如泉涌，不肯坐下。

"你可能需要去给他买个葡萄干面包。"她指着孩子说。

"如果你确定不需要我打电话给什么人……"

"不用了，你好好照看他就好。"她说，况且他该给谁打电话呢？

埃伦在空中飞行，莫莉在自己的诊所画着长颈鹿，凯特不接电话，而爸妈都老了。没有人可以出手相助，再说她现在也感觉好些了。她的长腿啪嗒啪嗒地拍着人行道。她的双手搁在腿上，她听着婴儿车在街上嘎吱嘎吱地远去，棋手的脚步声紧随其后。

"谢谢！"索尼娅对着他的背影喊道，但由于他正在拐弯，不知道是否听到了。

她把注意力集中在街对面那幢房子的一扇飘窗上，窗台上有一株盆栽植物，植物旁有一只鸟笼，笼子里装着一只鸟，一只黄色的鸟。它嘴巴咬着什么挂在那儿，也许那并不是一只鸟。你可以买到那种用木棉做的、从一开始就死翘翘的鸟。现在我和福尔克之间有了潜在的冲突，索尼娅想，因为她已经迟到。她不能以头晕为借口。

她决不能告诉福尔克她有头晕的毛病。

## 16

尤特的车开走了，危险已经解除，索尼娅小心翼翼地坐进福尔克的车里。当福尔克仔细查看她的驾校作业时，她把手放在了变速杆上。她想确定它的位置，因为开车时不该经常低头去看，这一点很重要。她用手掌握住变速杆的手柄，温习着 H 型排挡。没有对角线，没有对角线。接着，她感觉到福尔克的手放在了她的手上，并轻轻地按了按；那只手暖乎乎的。

"在我这儿，上课要准时。"

从福尔克手上传来一股温和的暖流，但她不确定自己是否喜欢。它让她感到嗓子发软，不，她不喜欢这样。换一种环境也许会喜欢，但她花钱是为了学开车，而不是为了坐在这里跟谁亲热。

"好的，我很抱歉。"索尼娅一边说，一边把自己的手从福尔克的手下抽回来，就像一条比目鱼从人类的人字拖底下抽身出去。"不过我给你带了几本书。放在后座上。是给你妻子的——你告诉过我她喜欢看书。"

福尔克把墨镜移下来，重新查阅起索尼娅的作业。他还从副驾驶一侧的车门里掏出一袋小熊橡皮糖，是一个忘了某次作业的学生买的。这是规定：如果你忘了交作业，就得罚一袋哈瑞宝[1]。索尼娅谢绝了橡皮糖，现在福尔克的嘴里塞满了糖，这才转过身去看那些书。他的光头在这个周末晒了点儿太阳。他看上去好像还修了胡子。这么说他们肯定去乡下度假了，索尼娅想。足部医生捧着约斯塔的书坐在那里，而福尔克则坐在一边对着大海出神。他是那种能长时间坐在那儿对着大海出神的人，索尼娅想。这时福尔克把一根手指伸进书袋。

"你看起来有点儿僵硬。"他说，并将那些书留在后座上。

"脖子有点儿抽筋。"

索尼娅把座位往后挪了挪。她让头部保持直立。在接下来的一小时里，千万不要撞到任何人，她想。她只是得尽可能安静地开车。当你回头查看盲点时，要全身跟着移动，她告诉自己，而福尔克却告诉她，泰式按摩应该会有帮助。他是从尤特那儿听说的，因为她在教一个叫帕克宝的泰国女人开车，而

---

[1] 哈瑞宝是世界著名的糖果品牌，于 1920 年在德国波恩创立，小熊橡皮糖是其明星产品和销量冠军。

帕克宝擅长泰式按摩。有时，尤特的两个肩胛骨正中间疼痛难忍，而帕克宝又不总是有足够的钱来付课酬，她们就会拐进一条小巷。

"这可能不合法，"福尔克说，"但在现实世界中，碰到问题我们就得设法解决。"

索尼娅让自己专注于一个固定的点，专注于前方不远处一个街边的阿尔迪[1]店牌。如果她的世界没有沦为这条不要撞人的戒律，也许她会告诉福尔克，帕克宝总是被迫用按摩来付费可能不太公平。但索尼娅不能撞人，她不能撞人，说到底，尤特的心脏后背与她又何干？

"今天我们要上高速公路。"福尔克说。

索尼娅凝视着阿尔迪的店牌，接着，她的视线从腓特烈斯贝的建筑物顶上那片蓝色的天空中掠过。

"我们要开出市区，去看看燕麦。"福尔克说。

索尼娅以前试过在高速公路上开车，这不是问题。高速公路都是直道，她喜欢这一点，而在今天尤其是个好消息。不过她也知道，路上到处都是盲点。她和尤特曾经驾车经过从福勒花园到瓦伦斯拜克之间的地段，她还记得每当尤特大喊"变道，该死！往左，往左！"时，她感觉就像自己在找死一般。

---

[1]　德国一家大型的连锁超市，在欧洲多个国家开有分店。

索尼娅说:"可我只学到了挂四挡。"

"今天我们要学挂五挡,甚至可能到挂六挡。"福尔克一边说,一边搓着双手。

仿佛想把手搓热一般。

索尼娅发动汽车,然后扭过整个上身去查看后面的盲点。她的头部万万不可自行转动。

"只需稍稍转身就行。"福尔克说。

"是的,但幅度大一点儿也没有坏处。"索尼娅说,她感到很焦虑。

不,是恐惧。它在她的耳朵里鸣唱。里面的小石子已经松脱,它们在浊流中奔涌,就像天堂山玻璃球中的雪花,索尼娅曾经买过一个这样的雪花玻璃球。那是在她三年级去天堂山旅行的时候。爸爸认为她旅行时身上不应该带钱。"这个年龄当然不行。"他说。但当他不注意时,妈妈在索尼娅的口袋里塞了一点儿钱。"在天堂山买点儿什么。"她说,于是索尼娅买了一个雪花玻璃球,里面是"金斑鸻号"明轮船 [1]。她把玻璃球放在柜子里,这样凯特就不会看到,爸爸也是。但有时在睡觉之前,索尼娅会把玻璃球拿出来,一阵猛摇。这样做,那些白色的小片片就会在黏稠的液体中飘荡。"金斑鸻号"停泊在

---

[1] 世界上最古老的尚在运营的明轮船,在天堂山和锡尔克堡之间运送游客。

圣诞湖边，而在圣诞湖的周围，山毛榉总是枝繁叶茂。但接着暴风雪来了，漫天的雪花会落在地上。这并无特别之处，但其变化中还是有索尼娅喜欢的东西。后来是去年冬天，她去了斯德哥尔摩，参加约斯塔的一个研讨会。根据安排，约斯塔会跟大家谈谈如何翻译他的书。但好像这还不够，他还跟他们谈了该如何写这种书，其中就提到，罪犯应该有某种怪癖。用约斯塔的话说是乖僻。[1] 罪犯应该有某种乖僻，比如嚼火柴梗或收集玩具汽车的特殊嗜好。除了这种乖僻之外，罪犯还应该酗酒并有家庭问题，最好是父女关系上的问题。约斯塔就像一位好父亲那样，与他的译者们分享这类经验。那些译者来自欧洲各地，他们大多在一些颇有名望的高校接受过教育，但在那里学到的知识已经毫无用处。午餐期间，约斯塔跟他们聊起在哥得兰岛的房子，聊起那儿的落地窗和抬眼望去所看到的真正的瑞典。那些日子很漫长，所以到了晚上，索尼娅会在古老的市中心转悠。在一个橱窗里，她看到了陈列的雪花玻璃球，它们很大。玻璃球里有城堡，以及只有在美国才能看到的那些壮观风景。索尼娅着了迷似的站在橱窗前。她把额头贴在玻璃上，多想伸出手去触摸那些球体，多想把它们带回家，藏在自己的柜子里。摇一摇。是的，摇一摇，并确定只需稍稍摇晃，现实就

---

[1] "怪癖"的原文为"quirk"，约斯塔因为口音而说成"kvørk"，故译为近音词"乖僻"。

可以变成童话。

或者变成噩梦，索尼娅想，她的车正停在一处红绿灯路口。灯现在是红色的，她很快就要继续前行。驶上高速，车内是魂不守舍的自己，还有福尔克的手。

"是啊，脖子那样抽筋可不好受。"福尔克接话道。

"时好时坏吧，"索尼娅说，"都是因为工作坐太久的关系。"绿灯亮了。

索尼娅朝着最近的入口匝道方向缓慢地行驶。她再一次说自己脖子僵硬是因为工作姿势所致。这样她的话就既不是太多，也不是太少。最好让福尔克知道，现在他们正要汇入往南行驶的车流，为她考虑，他需要特别专注。

"我不太擅长泰式按摩，"福尔克说，"但如果你有什么地方想让我按一按的话，尽管开口好了。"

这无疑就是他的方式，却使索尼娅踩下油门，因为现在他们正朝克厄驶去。这一段总得经历，而她很害怕，福尔克感觉到了这一点，便告诉她不用怕。他们已经避开上午最拥堵的交通，再说，高峰时段其实不会造成问题。你只需要反向而行。在高峰时段的车流当中行驶会寸步难行，但与高峰时段的车流反向而行则很容易。"司机们就像河里的鲑鱼。"福尔克说。克厄坐落在前方一片野生动物栖居地里，现在他们到了入口匝道，伟大的旅程将由此开始。索尼娅并不愿意这么想，但行驶中很难不想到死亡。

"请你帮我换挡好吗？"索尼娅听到自己在问。

"说什么傻话，"福尔克说，并重新握住她的手，"踩离合器，四挡……五挡……好了，六挡。你始终要在这条车道上行驶，不要超过任何超大型货车，就在这条车道上，保持六十码的速度。"

福尔克在座位上抬了抬屁股。他将双腿在副驾驶一侧搁脚的空间内伸直，胯部抬起，然后一只手吃力地伸进自己的运动裤里。当索尼娅在正确的车道上与死亡搏斗时，福尔克却在自己的运动裤里掏什么东西。令人难以专心，但接着福尔克掏出一包甘草糖片。

"把你的手给我。"他说。

索尼娅盯着一辆白色厢式货车锈迹斑斑的后门。"把你的爪子伸出来，索尼娅。"福尔克再次说道。

她伸出爪子。

"你开得很好。"他说，然后她感觉到糖片被放在了掌心中，与此同时，福尔克打开了音响。

车载 CD 机里播放的是德国战车 [1] 的歌，倒不是说索尼娅能区分出德国战车与其他的什么乐队，但接着福尔克问她是

---

[1] 德国的一支工业重金属乐队，在世界享有盛名。成立于 1994 年。作品多表现金属毫无感情的冰冷质感，背景里常常会穿插着阴森缥缈的伴唱。

否喜欢德国战车，她该怎么回答？索尼娅喜欢古典音乐，喜欢爵士乐和美国民谣，而现在很多车道上都有车。福尔克跟着德国战车哼唱，车辆们像箭一般嗖嗖穿梭于上午的时光中。各色的车在向南行驶，她正在穿过丹麦的门户。回家之路，索尼娅想。通往日德兰半岛、欧洲和默恩崖[1]的路。哦，我真害怕。

"我对音乐其实一无所知。"索尼娅撒谎道，但是有太多的大卡车和岔路口了，有一个嚼着甘草糖片的男人保驾护航，还有小熊橡皮糖，周围的车风驰电掣，强烈的不安全感，另外她口里含着糖片，还有德国战车，六挡，疾驰，疾驰！

"那边有一座聋人教堂。"福尔克一边说，一边把音乐稍稍调低。

索尼娅避免分神，目光躲开了福尔克所指的方向。

"我常常感到纳闷，不知道他们是怎样做礼拜的。我是说，我明白牧师用手语布道，但是要唱歌的时候怎么办？你如何让满满一圣堂的聋人同时开口唱赞美诗呢？"

索尼娅跟在那辆生锈的厢式货车后面。她从后视镜中可以看到一辆超大型货车的驾驶室。它看上去就像埃伦的猫，面孔扁平而邪恶。像这样被卡在中间可不好。她得超过那些大车。她不该只是坐在这里，任由自己被夹击。

---

[1] 位于默恩岛东部海岸，丹麦的著名景点之一。

"牧师会下来站到他们面前，高喊'一、二、三，唱'吗？"

索尼娅不再用腹部呼吸。她的呼吸停留在胸腔顶部，胸腔正在上下起伏。她的手指嗡嗡作响，鼻子也一样。身后那辆超大型绿色货车闪闪发亮。前面那辆厢式货车似乎作好了车牌被吊销的准备。她自己呼吸急促。她可能会陷入一种根本无法摆脱的境地。如果左侧的车道关闭，如果那两辆货车把她堵住，我可能会发现，到了绝境，唯一的出路只剩向上，索尼娅想。但高速公路上方没有逃生通道，只有八月阴沉的天空。她感到恶心，福尔克把自己的墨镜推到了头顶上。

"你可能会认为，这样一个全员歌唱的聋人教堂很怪异，但其实很有趣，如果你再看看右边的盲点，就挺好。我们准备切入发射坡道。"

又是驾驶教练的行话。索尼娅听不懂，而这会儿听不懂会很危险。

"我们要看看身后，"福尔克说，然后他看了看身后，"转向灯，转向灯。"他一边说，一边把手伸到索尼娅这边，指导索尼娅打开了右转向灯。"现在你可以右转了。"

索尼娅盲目地驶入出口匝道，从而来到哥本哈根的一个郊区。她不知道这是哪个郊区，也不知道该去哪里。她以为他们要去克厄，但现在她只想吐，可这会把车里弄得一团糟。一个人也可能过于温和，她一边想，一边小心地看了看福尔克。她知道，过于温和可以是焦虑的一种表现，而福尔克坐在这里，胡子刚刚修过，神情迟钝，几乎是懒懒地靠在车子的一侧。他醉了吗？她心里想。很可能是醉了。

"刚才开得不错。"他说。

"我真怕被它们围住。"

"我们不都是这样吗？"他说，并拍了拍她握着变速杆的手。

"我想我永远也学不会开车。"她说，现在她又有那种快要哭出来的感觉。

它像起绒草一般粘在她的喉咙里，马上就要向上喷涌，淌下面颊。她的脸就像一只筛子，会让泪水涓涓而出，而她得极力把它堵住。她不能哭，但刚才却差点儿哭了，这都是福尔克的错。也许还要怪他那不经意的触碰，她手掌里的糖片，或者是魔法树牌空气清新剂的气味？也可能是防晒霜的味道。

"我从来没遇到过一个必须放弃的学生，"福尔克说，"那些我真正考虑放弃的几乎都是瞎子。"

"我觉得自己也有点儿瞎。"索尼娅说。

"恐怕是的，"福尔克说，"但这很自然。你得在车里学会实际怎么操作。"

"可我没有任何实践的智慧。"

"你很有智慧。想想你给我讲的那些关于鹿的故事，还有关于围地的事情，所以别逗我了。"

索尼娅眼睛发烫，好在他们转到了一条安静的道路上，路两边有大量的绿色植物，看起来几乎像一片荒野，但这儿不是荒野，而是瓦尔比公园，福尔克想在这里教她停车。他们还会试试转角倒车。她也可以干脆让眼泪流出来，因为她觉得福尔克对车里的一切多少有所察觉，可他却在表扬她的平行停车。他说女人很擅长停车。他说有些男人声称女人不会停车，而女人们听了太多这样的话。女人应该不再听那种男人胡说。

"世界上到处都是没有老二的男人。"福尔克说。

可他不该在车里说老二。索尼娅一边想，一边顺畅地在一个拐角倒了车。福尔克拍了拍她握着变速杆的手。他说她开得很好。

是啊，我倒车的确很好，索尼娅想。我最擅长做方向不对的事情，而他不该在车里说老二。

"我想念哥本哈根的自然。"她大声说。

福尔克指了指外面的瓦尔比公园。

"那不是自然。"她说。

"如果你继续往前开，朝南港方向穿过瓦尔比公园，就会到达港角。你去过港角吗？"

"我不知道那是什么地方。"

"是自然，索尼娅，你今天付钱学习的就是这些。时间到了。"

他们的倒车练习戛然而止。现在他们又回到路上，穿过哥本哈根，返回驾校。总的来说一切都还顺利。索尼娅认为她能感觉到自己开得更好了。她打了转向灯，在所有的盲点都转身查看；看镜子，扫盲点，打转向灯。换挡也正常，这也许是一种与死神周旋的游戏，但本次游戏已经结束，索尼娅减速右转。身边几个骑自行车的人飞速掠过，接下来的道路畅通无阻。她拐进通往福尔克驾校的小街。

然后来到台阶旁，而台阶上是谁？

是尤特，像坦克一般结实。是有着豆腐心和满心失望的尤特，有些乖僻的尤特。

## 17

索尼娅沿着冷杉林中的小路向前行进。她想象现在是冬天。她穿着旅行鞋，所以袜子不会被打湿。空气湿漉漉的，土壤散发着酸味。松针忧伤地耷拉在冷杉上，因为夜幕降临得早。太阳还没有照到内陆的沙丘就落山了，而索尼娅继续前行。她的双脚知道自己要走的路。有时，最好是让鞋子从杂乱的灌木丛中踩过；有时，最好站着不动。在冬天的暮光里，星星显得暗淡，但依然可见，大天鹅已经在远处的一个小池塘边栖息下来，准备过冬。她想象自己带上了望远镜，要去那儿看大天鹅。她只需要沿着空地上的小路，一直走到开阔的荒野上，然后继续向前。站在荒野上时，她什么都看不到，或者说她能看到很多东西，只不过这里没有电线，没有砖砌的变电塔，没有青贮窖或观鹿台。她置身于其他人的现实之外，地形尽管随意移动好了。索尼娅一直在考虑加入其中。现在大天鹅也展开了歌喉。它们漂浮在自己的小池塘上，在暮色中显得洁白如雪。它们时而高歌，时而成群结队地飞翔着，在空中划出巨大的弧线。在外围的某个地方，有鹿群在游荡。她坐在草丛中，愣愣地看着脚上的黄色木屐。

"你他妈本来可以直接告诉我你太脆弱了，不能跟着我学车啊。"尤特说。

白色羽翼的大天鹅，黄色鼻绪的木屐，索尼娅缓缓地回过神来。

"我们现在都多大岁数了？你竟然不能亲口告诉我，还得让福尔克代劳？是自己什么都做不了，非得老爸出面不可吗？"

大天鹅在水面游来游去，黄色木屐小心地彼此磨蹭着。

"你知道对你这种人，我们以前在日德兰半岛是怎么称呼的吗？"

"胆小鬼。"索尼娅说。

"胆小鬼和打小报告的家伙。"尤特说。

她点燃另一支烟，目光阴冷，而索尼娅已经年过四旬，同时身处两地。她站在一座都城的一条小街上，这里的一切都不愿与她有任何关系，但她也置身于遥远的自然中。她已经长大，扮演着成人的角色，但她也是一个孩子，不想学习功课，不愿意去适应，不愿意去想他人所想，不管那是些什么想法。她想得到自由，完全的自由，所以她得逃走，仿佛在看到尤特走来的那一刻，索尼娅按下了脑海中的电梯按钮。门开了，索尼娅踏进电梯，腾空而去。当尤特用鞋底踩灭第一个烟头时，索尼娅就神不知鬼不觉地从她眼前消失了。索尼娅越升越高，直到进入未知的世界，就像在朱迪·福斯特主演的电影《超时空接触》中那样，朱迪只身在虫洞间跳跃。她在飞船的驾驶座上颤抖，解开安全带，在太空舱内飘浮，惊恐地尖叫，直到一切安静下来，她盯着远方的银河系。"没法用言语来形容，"她喟叹道，"他们本该派一位诗人来。"接着，她的思绪转移到一段记忆中：在佛罗里达一片浪花拍岸的海滩上，她死去的父亲平静地向被困住的她缓缓走来。"我一直很想你，"她父亲说，"很抱歉我不能在你身边，亲爱的。"然后他们站在那里亲密交谈，一个是装扮成她父亲的外星人，另一个是装扮成索尼娅的朱迪·福斯特。"你感到那么迷茫，那么与世隔绝，那么孤独。"她父亲说，他所说的正是人类在宇宙间的孤立感。朱迪问："现在我该怎么办？"她父亲——也是外星人——说："现在你回家去。"于是索尼娅搭乘一个用铝合金制成的球形飞行器飞速穿过宇宙，回到人行道上，福尔克留她独自站在这里，在复仇女神面前出丑。

"我真从没见过你这种人，"尤特说，"不过你现在可以得意地跟着福尔克了，看看你有多喜欢那些家伙，只是别指望再爬回来找我。我是说，如果你还有能力学开车的话。带你学车好像也不是那么容易。"

索尼娅渐渐降落。现在她双腿着地。它们很长，有点儿像鹳的腿。双腿之上，是站姿有点儿歪斜的骨盆、膝盖骨、脊椎，以及有点儿僵硬的脖子。她头上梳着一个漂亮的短发发型，但它却不能减轻尤特给她的打击。形状奇特的嘴巴说不出该说的话。而且还很难看，索尼娅想，因为尤特的怒火直击要害，索尼娅不得不在自己的包里摸索着。包里有一支唇膏、一部手机和一瓶水。

"我觉得我无论如何也学不会开车。"索尼娅低声说。

"那你也许该考虑省点儿钱。"尤特说。

"但我希望试一试，"索尼娅说，"仅此而已。"

"什么，我没有让你试吗?"尤特问，因为她是在农民中长大的，知道如何对付笼头、小便、狗以及年龄偏大的驾校学员。对有些人你怎么讲道理都是白搭，索尼娅想，尤特就是一个活生生的例子，她看着福尔克驾校的大门。福尔克坐在里面某个地方，撇下她独自来面对这一窘境。

"是的，你没有真的让我来开车，"索尼娅说，"那我怎么能学会呢? 我想，所以……"

她壮着胆子低头瞥了尤特一眼。尤特的身高与凯特和保罗差不多。保罗也不高，这意味着他可以站在那里，平视她娇小的乳房，因为它们自少女时期以来就没有变大过，这一点无疑吸引了他。而她站在那里，则看着他不断扩大的秃顶。从这个高度看，索尼娅想，除了失望，你不要有别的指望。尤特也一样。她铁青的面孔，老烟鬼的皱纹，一对金耳环把耳垂拉得垂到了垫肩上。她整个人看上去一身疲态：就像玩了一夜的宾戈。但到头来，索尼娅想，不——因为尤特曾经坐在日德兰半岛的一间过分大的厨房里。她在吃红糖三明治，在等待铃声响起，等待生命起航，新的航程中有逃离的尝试、宽阔的林荫道和与穿着制服的男人共进午餐。那曾是尤特一心向往的梦想，为了得到自己想要的东西，她必须在这部戏剧中扮演一个她认为合适的角色。

现在这个角色还像老旧的破布一般残挂在尤特身上。

"你没有真的让我来开车，"索尼娅重复道，"你没有让我在车里担起任何责任。"

尤特双唇发白，撇了撇嘴。

"福尔克勾搭上他最新一任妻子，就是在教她开车的期间，这一点你知道吧？"

索尼娅不知道，但这不难想象。

"这和我有什么关系。"索尼娅说。

"你说得好听！"

我说得好听，索尼娅想，接着她突然转身，是的，她转身背对着尤特，沿着街道扬长而去。她连"再见"都没有说就从这场交锋中抽身而出。不说"再见"可不是索尼娅在老家学到的东西。在巴灵，人们总是会礼貌地说一声"再会"，但索尼娅觉得她有权离开冲突现场。你可以逃避别人给你的打击，索尼娅想，而在现场之上的某个地方，在圣迭戈的上空，埃伦会赞许地点点头——如果她稍有了解的话。

小小的反抗也很重要，索尼娅一边茫然地在腓特烈斯贝晃悠，一边对自己说。小小的拒绝和选择可能造成生死之别。如果朱迪没有进入那个有弹球机的酒吧，如果朱迪没有在宇宙飞船上解开安全带。决定结果的是一念之差，如果你的生命要成长，就得抗争，而你的生命应该成长，索尼娅想，但最好不是越来越内向。另一方面，沉迷于生活中的小戏剧会很危险。这个城市到处都是戏剧迷，我不是其中的一员。我已经厌倦了，她想，然后快速踏上老国王街。她双腿发软，但前方不远处就是市政厅，而市政厅后面是腓特烈斯贝花园，那里有很多隐蔽处和长椅。她想再一次走到那里，走到一条长椅旁。她在街上疾步行进，然后穿过福克纳大道的大十字路口，接着就到了公园。大步流星地走过种着早已凋谢的鳞茎植物的草坪，大步流星地走上小路，经过中国亭。接着她放慢了速度，她的腿再也不想走那么快，或者说是索尼娅不想那样，因为只要你还得活下去，肾上腺素就会正常地发挥作用，只是到后来你会付出代价。

她在一张可以看到苍鹭小岛的长椅上坐下。苍鹭栖息在沾满鸟粪的树枝上，犹如圣诞树上的细长烛台。它们看上去仿佛随时都可能掉下来，让整棵树起火燃烧。只要不是眼神呆滞、一动不动地站在水中，它们的喉咙里就会叫个不停。飞翔时，它们就像寻找尸体的秃鹫，但一动不动地站在水中时，则更像拿着大镰刀的死神。

现在我在这里，索尼娅想，只有这些鸟，有点儿被驯化的鸟，但还是鸟。

索尼娅觉得羞愧，但也很得意。在巴灵，你当然学会了绝不跟老师作对。不，你永远不能跟任何权势地位比你高的人作对，但这并不是说爸爸总端着架子。前一分钟，他们父女两人会小心翼翼地走进麦田，寻找野生燕麦。下一分钟，爸爸会走到地界线旁，播撒毛地黄种子。他一定要将部分花籽儿撒到地界线的另一侧，撒到玛丽爸爸的土地上。凡是对农业无用的东西，玛丽的爸爸一概都很讨厌，而毛地黄毫无用处。对任何真正的农民来说，爸爸的多花蔷薇、犬蔷薇、凤仙花和其他这类无用之物都是他们的眼中刺。但是爸爸把毛地黄种子撒了分界线。他还播撒了罂粟、矢车菊和其他中看不中用的东西。然后他就等到第二年夏天，玛丽的爸爸会站在变电塔旁，嘴角泛着泡沫，他会站在一片花海中。索尼娅的爸爸喜欢看花，而索尼娅喜欢看她爸爸。他温暖的微笑，她作为女儿，是一个小配角，临近收获时，他会让她走进麦田。她得去寻找野生燕麦，索尼娅开心地在麦浪中穿行，把杂草指给爸爸看。一、二、三，在那儿！然后是当她说自己是小田鼠时，从爸爸的手掌传来的那一点儿爱。

　　但那是很久很久以前的事了，索尼娅想，我没法说自己收获颇丰，就男人的爱而言也一样。现在我们已经抵达目的地，在腓特烈斯贝花园，这里有肮脏的鸟儿和开心的人们，而我不是其中一员。不，我不是其中一员。

## 18

索尼娅的书桌上有三样东西：约斯塔小说的译稿，给凯特的那封具有结缔组织性质的信，以及租房合同。她上完驾驶课回来后做的第一件事就是拿出租房合同。不，更正一下：她先走进卧室，把双人床推到角落，然后拿出了租房合同。当时她站在卧室门口，下巴肌肉酸痛，一眼看到了那张床——显眼地摆在房间中央，以便索尼娅和某位情人可以分别从两边上床。浪费空间，她想，而她只需用脚投票反对这种摆放方法，将它挪到角落就行。于是它就被挪到了角落。从一边上床就够了。

现在她坐在书桌前，考虑着译稿。不管索尼娅如何处理自己的生活，约斯塔肯定都会安然如故，他甚至不会怀念她。在索尼娅身后，就站着下一个能用丹麦语为约斯塔代言的人，所以如果忽略经济上的拮据，她可以轻易地选择脱身。索尼娅可有可无，几乎没什么用处。译稿旁是给凯特的那封信。索尼娅把邮票揭了下来，因为最好将它们用在真正会寄出去的信上。她还打开了信封，幸亏没有把它寄出去，封口没粘好，信纸很可能会在某个邮政设施中从信封里掉出去，落入某个分拣机操作员之手，最后作为家庭不和的例子，贴在办公室的公告板上。

我很生气，索尼娅想。我很生气，但不能表现出来。如果表现出来，我就会失去凯特，然后是弗兰克，还有他们的孩子，而爸爸妈妈总有一天会离世，如果要展望未来，我就不能对某个男人念念不忘，反正现在我不再奢望中大奖，可我还是不能生气。生气会带来孤独，而他们会坐在西日德兰的分拣机旁笑话这件事，凯特则根本不会收到这封信。

不，凯特永远不会收到这封信，因为索尼娅把信纸从信封里倒了出来。她重读了一遍，发现里面其实并没有任何值得一提的内容。谈了谈培根·比亚内，幸好摆脱了他。幸好摆脱了那一切，索尼娅想，并看着租房合同。这是与公寓合作社签的合同，索尼娅当时奇迹般地成了其中的会员。事实上，这种租住模式非常实用，居住环境整洁有序，也不用直接与房东打交道。但每次往窗外看去时，别人阳台上的那些僵硬的猫头鹰都让她心绪不宁。本该是黑雁或别的候鸟，不该是鸽子、塑料猫头鹰和苍鹭。应该是大天鹅！麻鹬！还有灰雁，以及其他会摆成壮观的人字形从空中飞过的生物。向往，浮力。

　　恰似索尼娅用魔法变出来的一般，一架直升机从后院上空飞过，灰色的金属外壳使它显得禁欲而克制。坐在那里目送它远去时，她几乎想不起当初是为什么才来哥本哈根的。是与莫莉之间的友谊，没错，还有想靠自己有所作为的复杂渴望。想把在一个地方将她往下拽的东西在另一个地方变成助她上升之物。这是一种选择，因为如果留在巴灵，她会变成什么样呢？上小学期间，在整整一年的时间里，班上的女生都梦想成为狗狗美容师，但西日德兰容得下多少狗狗美容师呢，老师问。而到头来大多数女生都在幼儿园工作，或成为家庭护理员。索尼娅能拿当地的孩子们怎么办？她认为人生并非仅仅如此。也许还有更大的东西。以后我总可以有孩子的，索尼娅说，妈妈也这么说，但这其实只是索尼娅表达不想要孩子的另一种方式。到了哥本哈根，你可以有别的东西，最初的几年她也顺顺利利。她了解了城市的节奏，还有它的对话，以及形式。但后来，她渐渐感觉到不对劲儿。

　　她的下巴又绷紧了，她从桌边站起身。她找到电话，躺到床上。从一边上床也挺好，接着她拨了一个电话。她想抓住另一个方向——过去——的某种东西。哥本哈根什么都没有，只有人，在形状和大小上与任何其他地方的人没有两样。没有更多，也没有更少，只有人，而且，他们几乎不跟自己圈子以外的人接触。他们就像在国会露面的大农庄主，只愿意跟自己那帮人待在一起，他们身上散发着"老香料"[1]的气味，彼此观点一致，兴趣相同，如果想显得鹤立鸡群，就会以相同的方式鹤立鸡群。在日德兰内陆地区，他们想让自己显得特别的东西是四轮驱动汽车和闪闪发光的除草剂喷雾器；在哥本哈根，则是克莉斯汀尼亚自行车，浓密的胡须，以及方方面面的步调一致。她曾多次设想过长大后会成为怎样的人，到头来却变得庸碌无为，而这恰恰是莫莉当初认为她们要逃离的生活。只是离开的家乡是一个你永远无法再返回的地方。它已经不复存在，索尼娅想，并试图咽下喉咙里的硬块，何况对它而言，你自己也变成了一个陌生人。

她现在在给爸爸妈妈打电话，她已经很久没有跟他们通话了。电话铃在日德兰半岛响起，但无人接听。妈妈可能在外面的院子里，而爸爸经常取下助听器。他站在那里与邻居大声交谈，而他的助听器则躺在厨房的台面上嗡嗡作响。但只要他们身体都好就行，索尼娅想，并挂掉电话，这时另一架直升机朝这边飞来。接着又是一架。有整整一群。肯定是在演习，索尼娅想，也可能是无政府主义者重新聚了起来。也许他们正在某条街道的尽头乱转，投掷着小石子。还有可能是恐怖主义，她

---

[1] 原文"Old Spice"，又可译为"老帆船"，是宝洁旗下专注于男士香氛、沐浴的品牌。

一边想，一边半坐起身。直升机在某处的上空盘旋，可能是在韦斯特布罗，索尼娅有些焦虑。接着她拨了凯特的电话。这是自发、本能、下意识的动作。本该是黑雁！她想。麻鹬！篱笆桩！她应该离开，溜进那寂静之中，然后躺在那里，留意会在冷杉旁出现的雀鹰。我已经尽了力！我得到了教训！

每当电话铃在日德兰半岛响起，她耳朵里就会有轻柔的嘀嘀声。它一遍遍地响着，却没有转入答录机。凯特现在正站在近旁，盯着屏幕。她站在那儿使劲地想，想得脑袋发痛。蹩脚的借口并非说来就来的，电池没了的说法也不好每次都用。

"喂？"电话线的另一端突然传来了声音。

索尼娅内心一震。

"是你吗，凯特？"她问。

"嗯？"凯特说，听起来她好像在找什么，"索尼娅，是你吗？希望没出什么事儿……"

"的确是我，为什么会出事儿呢？没出任何事儿，我只是想打个电话，问问你们大家过得怎么样。"

"我们这儿都好，"凯特说，"不过你知道吗，我这会儿正在园艺中心。"

索尼娅抬头看了一眼那一小片八月底的天空。窗户打开了一条缝，她能听到那群直升机飞来飞去的声响。

"哎呀，我这儿正乌云密布。你们那儿最近也经常有雷暴吗?"

她从凯特那里了解到情况不是太糟,但索尼娅可以告诉凯特,在丹麦另一端这个人口密集的地区,一场狂风暴雨正在酝酿之中。

"可能是一些气候因素造成的。"她说,尽管凯特曾经告诉她,她并不相信什么气候因素(虽然她丈夫为了风能而在世界各地奔忙),因为气候变化其实是一个信仰问题,就像加入"耶和华见证人"[1]一样。许多事情都是这样,而只要一提到气候因素,就无异在汉森姐妹之间划开裂痕。

"听起来不太好,"凯特说,"但我现在正在园艺中心,我们的盆栽土用完了,所以我们不能——"

"提到盆栽土,"索尼娅听到自己说,"你知道我前几天突然想到谁了吗?比亚内,真是不可思议——培根·比亚内。你当初跟他分手时,他对你不太好。我觉得奇怪的是爸爸还是把农场卖给了他,一个人再怎么忍气吞声,也真的应该有限度吧。"

"哦——这事儿我不清楚,"凯特说,"他的确有钱。"

索尼娅屏声静气,想听到电话背景音中园艺中心其他顾客的声音,但凯特更像是站在自家的后廊里,在烘干机旁边。

---

[1] 一个独立的宗教团体,不承认三位一体,因此与主流基督教派有很大的区别。

"但他对你真的不太好，凯特。他打了你一耳光，不过过去的事情就让它过去吧。你最近见过托尼吗？"

"现在见得少了，你知道，托尼和玛丽搬到菲英岛去了。"

"玛丽跟那个笨蛋在一起干什么？"

"托尼还好吧。"凯特说，她的声音听起来有点儿强作开心，"我们都很想念玛丽。以前我们举行百乐餐时，她总是负责沙拉。"

"有一次，托尼在你的烘干机旁向我露出他那家伙，而且那也没什么好炫耀的——我是说他那家伙，你还记得特教班的那个孩子吗，他经常掏出自己那家伙，在自行车棚旁一边走来走去，一边口里说着'啪啪啪'。而男人们却说他们的老二与新年焰火之间没有任何联系，更不用说巴灵的猎枪俱乐部了。我猜他们在期待在野鹿发情期开始前，阉割掉一些雄鹿。爸爸说鹿群变得越来越野了。"

电话的另一端很安静，甚至听不到一丁点儿像袋装土被放进购物车的声音。

"但谁在乎这些呢？"索尼娅问，"只要玛丽过得好就行。不过考虑到她的国内传道会背景，要管住托尼可能不太容易。可也许正是因为她的国内传道会背景，才使得托尼到处晒他的郁金香。有一次，我们本该把尿样带给学校的护士，玛丽却忘了，回头想想，尽管她爸爸在猪圈里养了很多头猪，国内传道会的人很可能对尿根本就避而不谈，起码是不谈女孩的尿。"

凯特这时叹了口气。

"实话实说，索尼娅——弗兰克出差去了，所以我们改天再聊行吗？孩子们要回家过周末，我们准备吃烤猪肉，所以我还得去一趟超市。"

"吵猪肉？"

"烤猪肉！"[1]

索尼娅坐了下来，以便更好地看天空。她把床挪了个位置是件好事，因为现在她可以往上看，而且仍然能听到直升机的嗡嗡声，她告诉凯特，有一位算命师曾经帮她算了命。索尼娅认为对于她们此刻的姐妹关系，既然凯特接了电话，她就可以对她畅所欲言，因为她姐姐总是回避一切。就这样，谈话中没有减速带，索尼娅虽然的确想念姐姐，但同时她内心还燃起了一种渴望，想点着一把火，把凯特从灌木丛中赶出来。凯特需要露面，需要敞开心扉，并像想要拥抱邻居那样对索尼娅使用自己的胳膊、腿和神情。

"对，我去了莫莉家的那次聚会，你瞧，碰到了那位算命师，我没来得及制止她。她解读了我的未来，其中的大部分内容我都忘了，只记得她讲得非常详细。你记得那个德语翻译吗？

---

[1] 凯特说的是 "pork roast"，索尼娅有意无意说成 "pork rift"，而 "rift" 有 "裂痕" "不和"之意，故译为 "吵猪肉"。

保罗？总之她说到了他，而最为奇怪的是，其他内容我现在都不记得了。从某种意义上说，因为她说出了我的未来而让我失去了它。最近我一直为此而烦恼，而且驾照的事情也不太顺利。我想我的驾驶教练对我心怀不轨，他大概以为我迫不及待，我也的确是的，但不是那方面——"

"她有没有提到我？"凯特打断了她。

"谁？"索尼娅问。凯特并不是在逛园艺中心。

背景中那个声音是一只金毛猎犬在用爪子抓门，而索尼娅再不会居家过日子，也能听出洗衣机工作结束的提示音。

"你想知道算命师是否提到你了吗？"

"是的，"凯特迟疑地说，"了解一下可能会很有趣。我的膝盖自从做过手术后，就没有以前好使了。"

"这听起来不太好。"索尼娅低声说。

"我们有了一位新邻居，好像是个离了婚的男人，来自奥尔堡，他跟弗兰克一起出去工作了。他总是独来独往。我没有跟他说过话，但他总在自己的院子里走来走去，安置鼹鼠夹和气哼哼地盯着篱笆。"

"我想她没有提到你，"索尼娅低声说，"我不记得她说了些什么，但我敢肯定你的邻居不是一名暴力罪犯。"

"这可很难说。"凯特说。

索尼娅看到直升机的旋翼在阳光下反着光，接着她躺了下来。

"爸爸妈妈都好吗？"

"他们很好，我现在到收银台了，所以我们能不能……？"

凯特站在她构想出的园艺中心的收银台旁，信口编出关于身边植物的瞎话，并且说接到索尼娅的电话很高兴，索尼娅也说听到凯特的声音很高兴，然后，在挂掉电话之后，索尼娅让自己蜷缩在床上。她已经很久没有像这样将自己蜷成一团，就像晾衣架一般，但此时此刻，这是唯一能给她安慰的办法，是唯一的急救药。远处还有嗡嗡声，在哥本哈根的某个地方，直升机有目的地升起。索尼娅真希望自己能跟它们一起在空中盘旋，不是因为已经人到中年，而是为了一览自己的人生。

## 19

世界上最美好的事情就是被妈妈抱到腿上。被抱起来，紧贴着妈妈的毛衣。毛衣下妈妈的乳房，她喉咙的气味，索尼娅手指间发亮的图画卡片，以及相信一切都会称心如意。其次是当她将爸爸逗笑，让他像看外星来客一般看着她时，他会把一只大手放在她的头上。再次是与其他人一起玩耍，不过独自玩耍会更好。自由存在于无人的空间，橱柜的底部，以及她能进到的鸡舍的最里面。一条小路通往鸡舍。再通向最里。

有一次练体操时我藏了起来，索尼娅回忆道，藏在器材后面。我坐在跳马底下，闻着皮革以及无数代人留下的汗味。我想起爸爸是如何爱上妈妈的，因为她像斯凯恩河的翠鸟一样光彩照人。其他人在体育馆里玩贴海盗标志的游戏，我却坐在跳马下，鼻子贴着膝盖。我想，我一方面痛苦地意识到自己的不合群，另一方面又不可救药地沉迷于其可能性之中。

她的周围是一片绿色，绿油油、热乎乎的，几乎可以说是闷热，她看了看眼前的小路。她尽量快步走着。她在尽力跟上。

时代精神对我们提出了一种要求，索尼娅想。其他人提出了另一种要求，而我们自己的要求则完全不同。稍一疏忽，你就会把它们混为一谈，然后突然之间，你就成了一具无助的、想赶上你的驾驶教练的行尸走肉。

索尼娅抬头看着小路，福尔克的小屁股在她前面不远处扭动着。他在玫瑰丛中穿来穿去，而那弹吉他的修长手指则正朝周围指指点点，她猜那是当地动物种群留下的东西。

这儿有个土丘，那儿还有一个。

福尔克指着那些杂草丛生、看起来像坟堆般的地形说。当他像索尼娅曾经搜寻野生燕麦那样搜寻这些大土丘时，她一直跟在他身后。

来这儿的路上是索尼娅开的车，而且非常顺利。只要离开韦斯特布罗，她学习起来就很容易。跟尤特一起练车时，索尼娅可以闭着眼睛穿过伊斯特街，但她还没有和福尔克一起去过哥本哈根最中心的地带。今天他们出了城，当她坐进驾驶座时，就已经知道有事情要发生。

他只是把钥匙递给她，挂一挡，看后视镜，拨一下转向灯，然后他们就出发了。他也有点儿腼腆，双臂交叉抱在胸前，而且车里还有那种味道。

是防晒霜吗？

决定将车开往何处不是索尼娅的职责，脑袋里装着地图的是福尔克，而索尼娅的本分是听从他的意愿。他可以想把她带到哪里就带到哪里。由于忙着换挡和进行开车的其他操作，她根本就不清楚自己的地理方位。"把车扔掉，把车扔掉。"他会说，然后她会假装与汽车有身体接触。其实并没有，但当他说"右转"时她就右转，当他说"左转"时她就左转。福尔克是索尼娅的主人，她得对他俯首听命。当他们沿着老克厄街行驶时，他突然要她在一个普通的十字路口向左拐。她还没明白是怎么回事，他们就到了野外。她以为这是为了要她再一次展示她最擅长的倒车技术，但在穿过一连串十字路口没有交通信号灯的碎石路，而终于开到尽头时，福尔克却让她把车停在一块看起来像草坪的地方。

"现在我们要下车。"他说，并从点火装置中拔下钥匙攥在手里。

她不想从蝙蝠车里出去，她体内的每一个细胞几乎都感到不情不愿，但她早晚得学习如何给汽车加风挡液，这涉及要打开引擎盖。

"如果是引擎盖，那我就不——"

"我们走这条路。"福尔克说。然后他们就出发了，因为在这种关系中，他是掌握方向的人。对于驾驶教练的教学法，除了作为学生必须放弃自己的自由意志之外，索尼娅还了解什么？福尔克在前，索尼娅在后，穿过一片玫瑰花丛，踏上了一条水边小道，经过一个帆板俱乐部，然后向前，向前，福尔克的长腿始终领先一大步。

我要为此付钱吗？索尼娅心里想着，并没有欣赏艾多尔发电厂的景色。这不恰恰是我应该拒付分文的事情吗？她扪心自问。接着，福尔克打开一扇门，里面像是一座羊圈。

"你先走。"他说，因为她终于停下脚步。

"我真的不知道……"

"我只是想让你看看港角。"他说着，一边提了提裤子，她不喜欢他这种样子，但从福尔克的表情和眼神上看，他都像个孩子，所以他们又继续前行，索尼娅跟在福尔克的小屁股后，而他则指着那些土丘。

"这儿有一个，那儿还有一个。看到了吗？"

土丘从平坦又覆盖着青草的平原上隆起。的确很美，索尼娅看得出来，但她更愿意一个人待在这里。初夏之际，肯定有很多的接骨木花，玫瑰已经凋谢，但索尼娅可以看到四处都是长势繁茂的树丛——沙滩玫瑰、多花蔷薇、犬蔷薇——各种蔷薇。在它们中间，桦树的白色树干傲然挺立，尽管有一辆园艺拖拉机在原野中留下了一道车辙。

那么这不算，索尼娅想，这显然是作假。

"那边有一个，再往那边还有一个。真令人兴奋，对吧？"

福尔克想让她注意的就是这些经过战略规划的土丘，而且它们几乎都位于水边。艾多尔发电厂像一座星际城堡似的矗立在远处。在左边的某个地方，阿迈厄自然保护区一直延伸到机场，飞机在空中飞行，一座高速公路大桥横跨过地平线，尽管她几乎听不到任何车辆的声音。他们本该派一位诗人来，索尼娅想。

"很棒，对吧？"福尔克又问。

"是啊，这些土丘挺不错。"索尼娅说。

"它们都是废物堆，是垃圾！"福尔克感叹道，并抬起一只手抚摸着胡须，"是垃圾，哈哈！"

他们站着，转了下身子，现在一侧是海水，另一侧是个巨大的土丘，福尔克此刻正朝那个土丘点头示意。

"那是市中心盖世太保总部谢尔大楼的废墟。他们不知道该把这玩意儿运到哪儿，于是有人想出一个主意，干脆把它拖到南港的垃圾场。现在已经很难看出来了，但你得想象四十年代，这里曾经是废料场。是垃圾场，索尼娅。是战区。德军的卡车，盖世太保，丹麦人被强迫劳动，想想看。"

福尔克转着身子，伸长双臂。

"那是一次令人难以置信的盟军行动，"他说，"德军把抵抗战士统统关了起来，就关在谢尔大楼的屋顶下。他们像人肉盾牌一样在那里坐以待毙，但盟军知道这一点，所以他们从侧面飞过去，轰隆一声。他们干掉了下面几层的纳粹猪，而且不仅如此，大多数抵抗战士还好运地逃出来了。"

"他们还击中了腓特烈斯贝的一所天主教学校。"

"你知道这个故事？"福尔克惊讶地问，并朝那个废物堆走去。

"知道一点儿。"索尼娅说。接着，福尔克和他的长腿走上了废物堆。

他让她看接骨木和桦树的嫩芽。他把那些小水泥块扒到一边，举起一些建筑碎片，好让她看得更清楚。

很久以前的一个上午，索尼娅想，某位垃圾搬运工辛辛苦苦地把这些废物都装上一辆减震装置不太好的卡车。他从街道上铲起谢尔大楼，连同其中的尸臭和一切，然后运到这里。他凝视着远方的阿迈厄自然保护区，把所有的痛苦都埋成一堆。人类继续前行的能力真是独一无二，索尼娅想。我们有非凡的适应力，只有我自己例外。我的适应力一瘸一拐地落在后面，她一边想，一边举目环顾这高低不平的风景——这不是风景，而是一处后来获准扩建的垃圾场。

如果可以把大自然的全景体验比作毒品，那么这就是一片嚼过的尼古丁口香糖，索尼娅想。但福尔克这样的人，他们的家族早在几代之前就逃离了乡村。他们又知道什么？

"这儿很美。"索尼娅说，"你经常来吗？"

"我在那儿出生，"福尔克指着韦斯特布罗郊外的方向说，"所以我们常常到这儿来玩耍、堆城堡和亲吻女孩。"

索尼娅内心一震，迈开步伐。她走到水边。这里有一条小路，她向右转。这可能是他们来时的路，她不记得了，因为这里并非她的地盘，她根本就不知道他们是怎么走到这儿的，也不知道自己该如何回到车上。决定权在福尔克手中，钥匙也在他手上。不远处的水面上，有一张帆一掠而过，接着又是一张。那是有人在玩帆板，附近有人是好事。潜在的证人，索尼娅想，她能听出福尔克正从她身后匆匆地赶上来。

"慢点儿，慢点儿！"福尔克大声喊着，并追上了她，"你这是怎么了？我们的车在后面。"

现在他又在指点，不过是朝相反的方向，索尼娅的下巴绷紧了。他抓住了她的胳膊，但她根本不吃这一套，把手臂从他手中抽了出来。

"很高兴知道这一点！"她大声叫道，海浪拍打着周围的废旧轮胎、用过的避孕套和可乐瓶，"我他妈的为什么就不能只是学开车呢？"

福尔克退后了两步。他还示意性地稍稍抬起双手，有点儿像约翰·韦恩[1]，当有人终于在荒僻大草原上的一座小镇中近距离抓住他时，他也是这种动作。当地人都躲进了酒馆、妓院、树林和灌木丛里，但索尼娅现在却在南港的一条垃圾小道上责问他。

"我只是想学开车，行吗？我不想别人握我的手，不想被按摩、拥抱、询问，不想被挑逗或温言软语地抚慰。我想学会开那辆车，好让我能开到那儿！"

索尼娅也会指点，她指向的是艾多尔发电厂，但还有发电厂后面的丹麦和整个世界。

"我想要一个普通的 B 级驾照，而你们这些人玩的所有把戏我老早就看透了。我是四十多岁的人了，已经有过教训，所以别拿盖世太保什么的来糊弄我。"

福尔克垂下手臂，小心翼翼地走到低矮的堤岸上，从堤岸往下是通向水边的缓坡。然后他坐在堤岸边，双手拍着膝盖。他的胡须翘向那驾驶教练标志性的大肚子，但他的头顶红润而光秃，现在他稍稍直起上身，抬起胯部。他把一只手伸进口袋，掏出一个小金属盒。福尔克打开盒子，伸进一根手指。在他的指尖上，索尼娅能看到一种乳霜般的东西。现在福尔克把那东西涂在了他的光头皮上。现在他坐在那里看着水面。一张黑帆

---

[1]　约翰·韦恩 (1907—1979)，好莱坞有史以来最伟大的影星之一，以出演西部片和战争片中的硬汉而闻名。

从一侧向他驶来，另一侧有一只海鸥展翅飞过，还有一只白骨顶 [1]。从背影看去，福尔克仿佛刚被人扇了一记耳光。脆弱而容易受伤的男性自尊心在败退，一个需要悉心呵护的男人，但同时还是一个人。每次碰到这一招，索尼娅就会心软。如果一个男人不得不显得像一个人，索尼娅想。

"我不是那个意思，你知道，"索尼娅说，"你是个优秀的教练，我不是那个意思。"

"出来上班却被人这样大吼大叫，可不太好受。"

足部医生的问题，索尼娅想，她知道这种伎俩，但对此不感兴趣，她不想上钩，而她的沉默使得福尔克进一步为自己辩解。

"我并不经常带同龄人开车，"他说，"那些十八岁的年轻人也挺好，但他们都是孩子，而且热衷于一些古里古怪的玩意儿。"

"比如未来。"索尼娅说。

"更像是文身之类乱七八糟的东西。"福尔克说。

索尼娅在岸边坐下，与他保持一定距离；她不想让他误会，但从他的神情来看，他没有误会。他很难堪，他的下唇突出，就像爸爸被妈妈责备时那样。当他孩子气的行为受到数落时，

---

[1] 一种栖居在近海地区的水鸟。

爸爸就会惴惴不安，而过不了多久，妈妈就会指指枪柜，建议他去野地尽头打鹧鸪和野兔。

这全是为了让他恢复阳刚之感，索尼娅想，而且妈妈知道这一点。总的来说，女人随着年岁渐长都会明白，男人的双腿之间存在着多少心理学，如果你愿意费神，就能学会如何应对，而如果你懒得搭理，就会和你的驾驶教练一起坐在这里，越过水面眺望着维兹奥勒港。

"好吧，我们就在这儿，"福尔克说，"坐在大自然中，好好喘口气。"

"这不是自然，"索尼娅说，"在我的家乡，有一片荒野，非常辽阔而古老，甚至形成了自己的意识。"

"可能吧，"福尔克说，"我遇到的日德兰半岛的人都有点儿古怪。我会教你开车的，你别为此担心。"他说，接着傻傻地笑了起来。

他坐在那里，一双长腿和分趾蹄垂在岸边，他只需要一对鹿角，就可以显出几分庄严了，索尼娅想。从理论上说，这是个英俊的男人，但属于其他女人的男人都是已经翻过去的篇章，现在我想回家。是的，我想回家。

她体会到了一个蹒跚学步的孩子摇摇晃晃地从地上爬起来并站定不动的感受。我想回家，她再一次对自己说，这很好：她是一个蹒跚学步的孩子，正站定着不动。她担心这种感觉会消失，所以不再对它挑剔。她把它搁置起来，低头看着自己的脚。它们穿着舒适的驾驶鞋，若无其事地在下面晃荡着。她让它们彼此轻磕了几下：它们似乎很适合她。

"这一小时免费，"福尔克说，"我只是想让你看看这里到处都长出了草，再也看不出曾经是片战区，对吧？"

他们身后响起了嗡嗡声，一个愤怒的声音从港角那边的草丛中传来。灌木丛中走出两个四肢修长的年轻人。其中一人手里拿着操纵杆，两个人都仰望着天空。他们正在试飞一架微型遥控装置。那东西听起来像一只被激怒的蚊子，形状却更像一只蜻蜓，一只闪闪发光的大蜻蜓。电子蜻蜓绕着巨大的 8 字形路线在两个男孩的头顶盘旋，接着又转头从福尔克和索尼娅的上空飞过，而他们坐在那里，双腿在曾经是谢尔大楼的土丘边晃荡着。

## 20

有一段时间，索尼娅想学习录音。不过她想自学，所以得独自进行。她不愿意让任何人来教她，她拒绝这样。她可以走进外面的麦田，或者也可以去野地尽头。但那里有大天鹅，有时还会出现猎人。他们带着长筒猎枪，不喜欢那些四处闲逛并惊扰猎物的自然爱好者。但她也可以去随便哪一片起伏的防风林。当她坐在爸爸的汽车后座上穿梭乡间时，很喜欢看它们。树木在天空映衬下的生动形态令她心醉神迷——尤其是当松针上挂着霜花时。但奇怪的是，她虽然喜欢观看防风林，却不喜欢置身其中。

玛丽和索尼娅曾经在沿地界线种植的那片防风林里建过堡垒。她们准备把虫虫果汁、饼干和秘密练习本放在那里。但那是一个蹩脚的堡垒，而且在让它变舒适上玛丽也没帮上多少忙。粗糙的北美云杉刮破了她们的衣服，防风林的地面也很贫瘠，并散落着松针。云杉的针叶远看很美，但一旦靠近就会扎得你生疼。两个女孩偷偷地坐在那里做作业时，索尼娅会写下自己对家的思念和各种痛苦的感受，这是防风林的错。防风林对农业很有用，也有一定的视觉效果，但里面毫无生气，索尼娅不想在那里录音。她不可能去那里。

而在妈妈的花园里，在樱桃李和其他一些结果实的灌木后面，藏着一棵稠李。那棵树长得很大，无疑会让你想起一丛巨大的灌木。如果你摘下花儿拿进室内，它们会散发出猫尿的骚味，但在户外时，它们的气味却有几分怡人。索尼娅得到一把旧躺椅。如果你坐在那把椅子上，屁股会落空，所以妈妈才把它给了她。凭着一股韧劲儿，索尼娅成功地把躺椅拖到树的半中腰。她把椅子腿架在几个树杈上，然后她会坐在那儿，置身于树枝中间。当她播放她的录音时，听起来就像一只乌鸫在叫。她想象的正是这样：从碎石路上经过的人会以为她是一只鸟。每当风儿吹过树冠，她挂在一根树枝上的绿色瓶子也随之歌唱起来。它们听上去就像芦苇丛中的麻鸭，而芦苇丛中的麻鸭听上去则像一艘在雾中鸣笛的轮船，笛声把索尼娅带往其他的国度。

尽管凯特十分清楚索尼娅藏在哪儿，却没有打扰她的清净。另外，稠李树下曾经有一片凯特搭的动物墓地。索尼娅透过树枝往下看时，还能看到凯特的那片墓地。小十字架被用电线整整齐齐地绑在一起，地上铺着从农场捡来的小石头。现在那一切已不复存在，因为凯特后来受了坚信礼，脑海里只装得下男孩子和流行音乐。她的变化真是不可思议，因为有一段时间，凯特成天寻找可以埋葬的动物，乃至于活埋过一条蚯蚓。但那段日子结束了，而一旦它结束，索尼娅就会坐在一根谁也够不着她的树枝上。她会透过纵横交错的树枝仰望天空。每隔一段时间，她会从厨房的抽屉里拿一把变钝的面包刀出来，时不时地在树干上切个口，于是它会发出汁液的酸味。

有一天，她假装在树上有了幻觉：阳光透过树冠洒了下来，在她的脸旁轻轻摇曳，恰似一位天使。天使希望索尼娅事事如意，还明确地告诉索尼娅她的生活会变得多么美好。它抚摸着她的脸颊，索尼娅这样想象着——天使爱抚着她，就像她爱抚家里的小猫一样。她享受着这种宠爱，直到凯特喊她下来吃饭。他们吃的是小红肠配土豆和白汁，凯特大声说。因为总是被地心引力那样牢牢牵引着，索尼娅此刻希望自己正坐在稠李树上。高高地坐在树上，面朝天空，现实却并非如此，她正坐在地铁车厢里，在莫莉身旁。她们在地底下，在去丹麦广播电台音乐厅的途中。

"很高兴你能说来就来。"莫莉说。

"约斯塔又跑不了。"索尼娅说。

莫莉从一位客户那里得到几张勃拉姆斯《第一钢琴协奏曲》演奏会的免费票，她还做了头发。她的心形脸容光焕发，身上洋溢着亢奋之情。索尼娅对莫莉这种状态很熟悉。她以前见过，是热恋，而且不可能是律师激发的热恋。她看起来像个孩子，索尼娅想，但她脸上有某种东西，某种起隔离效果的东西，索尼娅不太懂。它让莫莉的脸显得有几分僵硬，而这僵硬可能源于莫莉的内心，但也很可能由于外力。比如注射。莫莉不会告诉她是否如此，那样会暴露自己，因为索尼娅这种人不相信给身体美容这一套。而索尼娅自己呢，也不打算把与福尔克远足之事告诉莫莉。索尼娅在出门之前就打定了主意：决不告诉莫莉她的港角之行。对莫莉而言，没有高潮的故事毫无吸引力。

　　"跟我讲讲我们待会儿要听的乐曲，"莫莉说，"我对古典音乐一窍不通。"

　　这是实话。索尼娅坐在莫莉的车里时，在开往赫斯霍尔姆别墅的路上，她们听的都是流行音乐排行榜前四十名的歌曲。但在诊所的候诊室里，莫莉也会播放很受欢迎的古典曲目，如

《今生今世》主题曲[1]、卡尔·尼尔森[2]的作品和《月光奏鸣曲》。日复一日，同样的作品，刻意选来为了让忧心忡忡的客户和心理医生莫莉·施密特能建立信任，对于那个莫莉，索尼娅得承认自己其实并不了解。不，莫莉·施密特几乎不再跟斯凯恩的莫莉·彼泽森交流，而莫莉·彼泽森则从来不跟隆娜交流——隆娜才是莫莉的真名，改名为"莫莉"是她十八岁时想到的主意。"我是独立的个体了，"她当时说，"我可以想叫什么就叫什么。"但身份证件上的名字还是"隆娜"。

　　索尼娅将视线投向列车前端。她们显然是在无人驾驶的情况下在地下穿行，[3]犹如快速打洞的鼹鼠一般。有几个孩子站在那里，鼻子紧贴着全景式前窗，而在与莫莉和索尼娅两三个座位之隔的地方，坐着一个年龄较大的女人。她留着短发，皮肤皱巴巴的，看起来不像哥本哈根人。事实上，她很像来自日德兰半岛的一位已婚妇女，戴着合宜的眼镜，头发梳得整整齐齐。她的眼睛是浅蓝色的，手里紧拽着自己的提包和滚轮行李

---

[1]　《今生今世》原名 "Elvira Madigan"，是一部著名的瑞典电影，讲述一对恋人鸳梦难圆的故事，配乐采用莫扎特《第二十一号钢琴协奏曲》的第二乐章"行板"。通过电影媒体的传播，莫扎特的这首曲子变得更加广为人知，以致很多人称之为《今生今世》主题曲。

[2]　卡尔·尼尔森（1865—1931），丹麦最重要的作曲家之一。

[3]　世界上第一条无人驾驶的地铁于 2002 年在丹麦首都哥本哈根投入使用。目前，在法国巴黎、德国纽伦堡、巴西圣保罗、西班牙巴塞罗那等大都市都有全自动无人驾驶地铁。

箱。乡下人，索尼娅想，她肯定是来探望某个逃离了乡下的亲人，无疑是女儿。

"给我讲讲那支曲子吧。"莫莉说。

索尼娅真希望莫莉邀请去听音乐会的是别的什么人，或者她早先能反应敏捷地想出一个推脱的借口，因为现在从诺里波特站到丹麦广播电台音乐厅的一路上，她都得给莫莉讲解那支曲子了。

"在勃拉姆斯的《第一钢琴协奏曲》中，你得特别留意'柔板'。"索尼娅开口道。

莫莉在自己的包里翻来翻去，坐在车厢内不远处的那个年长的女人也在自己的包里翻来翻去。索尼娅很难吸引她的听众的注意力，但还是坚定地讲了下去。

"一般来说，我觉得在古典音乐中，你得时刻留意柔板，但在勃拉姆斯的钢琴协奏曲中，你无论如何都必须留意它。"

那个灰发女人从包里拿出一张城市地图。她把它平平整整地展开，凑近自己的脸。索尼娅觉得她暴露自己的外地人身份不够谨慎。她想告诉那个女人，让别人知道自己是游客会有危险，但她们在讲着柔板，尽管莫莉好像没兴趣，现在正忙着给什么人发短信。

"'柔板'是舒缓的乐章。这种乐章充满亲密的情感，温柔而忧郁。勃拉姆斯的爱情不快乐，你可以清清楚楚地从他的音乐中听出来。有趣的是，当舒曼的妻子克拉拉——也就是勃拉姆斯无可救药地爱上的那个女人——失去舒曼，勃拉姆斯可以拥有她的时候，他又不感兴趣了。他的创作灵感来源于与她之间的痛苦距离。她是他的缪斯，当然，女人被奉为缪斯并不是什么新鲜事。有趣的是，我觉得男人也同样经常成为女人的缪斯。男人作为缪斯是一个值得探讨的主题，心理学协会真的该鼓励会员们去研究研究。"

莫莉没有说话，她在心不在焉地对着一条信息微笑，她的笑容里藏着一些她想做而不该做但最终还是会做的事情，因为世界就是因此而运转的。

不是律师，索尼娅想。不远处的乘客群中，灰发女人坐在那里，眼神忧虑。滚轮行李箱夹在她的两腿之间，城市地图举在脸前。再往前去，几个瘦高苍白的小流氓在懒洋洋地闲荡，那些孩子哪儿也不去，只是来来回回地坐火车。莫莉在捧着手机打字，列车在地底下穿梭，接着索尼娅站起身，沿着过道向前走了几步。

"你能找到要去的地方吗？"索尼娅问，那个女人抬起头来。

她的脸上有皱纹，但面庞却很精致和善。她的头发曾经是黑色，但现在变成了银灰色。不过她的牙齿是真的，当她微笑时，它们清晰可见。

"我应该在布里格岛下车，我侄女和她男朋友在那儿有一套公寓，但我不清楚怎样从车站去他们住的地方。"

索尼娅伸手接过地图，列车驶进了国王新广场站。她问这个女人那条街道的名字，女人说是延斯·奥托·克拉格[1]街。

"这说得通，"索尼娅说，"那一带所有的街道都是用已故首相的名字命名的。她还可能住在埃里克·埃里克森[2]街或汉斯·赫托夫街，甚至名字更难听的哪条街上。有趣的是，那些早就死翘翘的首相都肩并肩地躺在西部公墓里。我自己很喜欢躺在那儿看书。我们在日德兰半岛不这样，但日德兰半岛有很多不是墓地的地方，到处都可以躺。你去过西部公墓吗？"

她没有。

"你侄女应该带你去，那里很宁静，也很美。你在路上花了很长时间吧？"

是的，她已经坐了大半天的车，因为大贝尔特海峡隧道出了一些技术问题。索尼娅又问她住在哪里，她住在西日德兰半岛的温克尔，她大部分时间都住在那里，所以没什么特别之处。索尼娅说世界真小，因为她自己来自巴灵。

"太巧了！"女人说，并露出欣慰之色，"我姐姐住在巴灵，

---

[1] 延斯·奥托·克拉格（1914—1978），丹麦政治家，曾两度出任丹麦首相(1962—1968年、1971—1972年)。

[2] 埃里克·埃里克森（1902—1972），丹麦政治家，在1950—1953年间，曾出任丹麦首相。

但她已经去世了。我姐姐叫埃丝特，姐夫叫艾纳。你认识他们吗?"

索尼娅当然认识埃丝特和艾纳——邮局就是他们经营的，但后来关了，而且索尼娅还记得他们的孩子。现在她们到达了克里斯蒂安港站，她眼角的余光瞥见莫莉挪到了座位的一角。她蜷缩在那里，把手机捧在那张小脸前，忙着编发短信。

也许是那个萨满，索尼娅想。莫莉的生活中还发生过更为奇怪的事情，不过也可能是哪位客户。尽管莫莉不该跟他们上床，但话说回来，不该做的事情有很多，"人生短暂，太过短暂，很可能 / 到生命尽头，你才发现为时已晚"。索尼娅不得不承认，莫莉渐渐变了，变得就像一片防风林。

"你叫什么名字?"索尼娅问。

女人显得有点儿腼腆，但是说她叫玛莎。

"玛莎?"

"是的，叫这个名字的人已经不多了。我父母是国内传道会的，我不是，但不能因为这个而改名。"

"我叫索尼娅。我父母都是农民，也没有多少见识。他们对名字的品位有点儿像对窗帘的品位，但并不妨碍我当个好人。"

女人抓住索尼娅的胳膊肘，轻轻捏了一下。她小声说她有点儿紧张，还有点儿累，哥本哈根看起来很大。

"的确很大。"索尼娅说，并瞥了一眼女人的手。

这是一只惯于抓握的手，它能铲起从谷物到肥料的各种东西，并任劳任怨。接着索尼娅突然想到，玛莎探望的是一个侄女，未免有些奇怪。日德兰半岛的年长女人探望的通常是自己的子女和孙辈，但也许玛莎没有孩子；也许她一直未婚。巴灵根本不存在什么单身文化，可的确有很多单身者。他们对此并不惊讶，在索尼娅看来，这也合情合理，因为你得苦苦寻觅很久才能找到比单身文化更可怕的东西。一群又一群的人怀着心机，指望能把自己像牲口一样拍卖出去，他们满脑子都是约会的事，在餐馆里进进出出。总是单身一人，总是在赴约，总是去别的地方，带着各自要推销的故事——认为自己应该是怎样的人，以便成为令人中意的对象。

我小时候认识的那些老处女都很擅长园艺，索尼娅想，还善于阅读，人们喜欢跟她们交谈。他们谈论她们，没错，但也跟她们交谈，是的。就在这时，火车驶进了布里格岛站。

一阵无声的恐慌向玛莎袭来。

"哦，我在这儿下车，对吗？"

她抓住自己的杂色行李箱，又不愿松开索尼娅的胳膊，不过没关系。索尼娅跟着她走到滑动门前，然后两人站在那里犹犹豫豫，尤其是玛莎，想举止得体，不引人注目，并且不要显得自己对哥本哈根——乱糟糟的，简直一团糟——人生地不熟。

她把地图皱巴巴地握在滚轮行李箱的把手上，索尼娅想，玛莎的侄女起码可以到车站来接她。但亲人们也许觉得玛莎是个负担，索尼娅对此又了解多少呢？一无所知，这时门滑开了。莫莉从手机上抬起头来看着索尼娅，她似乎想说什么，但根本没有机会，因为索尼娅与玛莎一起走出了车厢。她下了车，朝楼梯走去。行动要快，因为莫莉现在已经从那群乘客中站起身。她站在那里，小巧的面孔对着窗户，充满疑问，一时不知如何是好。她挥动着手机和那只空着的手。但索尼娅没有时间回应，于是，以莫莉身份示人的隆娜在阿迈厄的地底下变得越来越小，而索尼娅和玛莎则向楼梯走去。她们在朝地上走去。

"我会带你去延斯·奥托·克拉格街，"索尼娅说，"反正我顺路。"

"我以为你要去听勃拉姆斯的音乐会。"玛莎说。

"不，不，是另外那个女人要去。"索尼娅撒谎道。她主动要求帮玛莎拿行李箱。"这对你来说太沉了——来，让我帮你拿吧。"

紧接着却乱了套。没等索尼娅好好抓住把手，玛莎那只弄皱了城市地图的右手就松开了。地图从她们眼前飞走，飘落到远处，滚轮行李箱猛地砸在地砖上，发出开枪般的声响。玛莎吃了一惊。她个子挺高，索尼娅想，现在有点儿缩了，但年轻时显然很高。

"让我来。"索尼娅说，并迅速弯下腰去。

刹那间，位置性眩晕发作了。

　　一场宏大的交流即将开启。索尼娅可以肯定，谁都可以肯定。眼下看上去还不明显，但很快就会到来，而一旦到来，就是铺天盖地。

　　"我姐姐也有这个毛病。"玛莎说。

　　她们在布里格岛找到一条长椅，这条长椅是为城市空间精心构想和设计的。太阳渐渐沉入南港西部的雷雨云砧中，克厄方向阴了下来，但在落日的余晖中，玛莎有一种漂亮而古典的气质。索尼娅由于头昏眼花，眼前有两个玛莎，但这种重影丝毫不影响玛莎的美。

　　"她只要抬头向上看就会天旋地转。四十岁左右的时候就开始了，我不知道是什么引起的，但是我想，她的婚姻生活不是很快乐。她倒是没有抱怨，但我们参加聚会时，她会突然把手放在脖子上，奇怪地坐在那里一动不动，都是因为那些小石子。"

"它们得沉降下来，"索尼娅低声说，"它们在耳朵里旋转，就像是飞来飞去找不到出口一般，所以你得一动不动地坐着，直到它们各就各位。你姐姐是怎么处理的？"

玛莎眯着眼睛看了看落日。然后叹了口气，说，估计她姐姐只是学会了接受现实。

"当然就是这样，"玛莎说，"你接受现实，勉强应对。我还记得一个夏末，有一场巨大的流星雨，她很想看。于是我们躺在草地上，她用枕头支撑着自己。最后她还是发作了，但是我想，那天晚上我们数了一百多颗流星。"

她坐在这里，指尖轻拍着索尼娅的手，就像那个有透视眼的女服务生在自己眼前轻轻晃动手指一样。那轻柔的触摸犹如鸟儿的脚落在索尼娅的手背上。

接着索尼娅说："这没关系。我能应付。主要是因为我要考驾照。"

"在哥本哈根吗？"玛莎不解地问。

还能在哪儿？索尼娅想，但没有说出口，因为玛莎的家离这儿太远，无法理解哥本哈根式嘲讽。

"我 1965 年在温克尔考的驾照，"玛莎说，"当时还没有红绿灯，所以还好对付。"

"现在有红绿灯了吗？"

"是的，有一处。"

沉甸甸的夕阳像橙子一般悬挂在瓦尔比公园的上空。晚霞将水面染成了粉橙色，海水拍打着码头的岸壁，发出低沉的哗哗声。时不时有人穿着运动紧身衣从旁边跑过，玛莎的眼睛下面出现了疲劳的眼袋。她已经在旅途中辗转太久，而且这是个闷热的傍晚，空气黏糊糊的，生活中本该越来越容易的一切依然错综复杂；这一点索尼娅看得出来。我能帮什么忙呢？她想。我这种状况以及糟糕的方向感。

"我要在这里坐一会儿，"索尼娅说，"那个首相街区就在我们后面，如果你不怕自己去找的话。找起来不是太难。"

"我们就坐在这儿吧。"玛莎说。

"暴风雨要来了。"索尼娅说。

"总会过去的。"玛莎说。于是索尼娅再也抑制不住自己的泪水。

它们从下面往上涌，迫使她张开嘴巴，刮掉她眼里的鳞片[1]，现在她的泪水夺眶而出，玛莎在晃动，温克尔有一处红

---

[1] 据《新约·圣经·使徒行传》记载，迫害基督徒的扫罗在前往大马士革途中，突然看见天上发光，并听见耶稣说："扫罗，扫罗，你为什么逼迫我？"扫罗随后失明，于是开始祈祷。三天之后，上帝派人找到扫罗，对他说："就是耶稣，打发我来，叫你能看见，又被圣灵充满。"接着扫罗眼睛上的鳞片便掉了下来，从此他就做了基督信徒，具有先知的力量。

绿灯，只有一处。索尼娅的妈妈总是会说："一切都会过去的，一切都会过去的。"

"但有时候，"索尼娅低声说，"事情真的过不去。你总是看到这一点，事情根本就过不去。人们突然残废、崩溃、死去，因此事情真的没有过去——或者过去了，但结果很糟糕。事情本不该这样，结果不该很糟糕，对吧？或者你做梦都没有想到的事情却发生了。你想去探索大陆，结果发现那儿的资源早就被掏空了，已经一无所有，一片荒凉，触目所及都是发育不良的景象，你很清楚自己应该起程返回原来的地方。你得调转方向，打起精神，但是你该如何欺骗自己，说你当初离开的那个地方更好呢？你离开的地方已经不复存在，我想我已经失去了想象未来的权利。"

玛莎的手轻拍着她。

"我想你只是有点儿孤独。"

"你说得对，所以不要为找不到延斯·奥托·克拉格街而难为情，因为真正迷路的是我。"索尼娅说着，同时一边向前弯下腰去一边哭，是的，她在哭，而小石子在她的内耳中盘旋，犹如叽叽喳喳的椋鸟飞来飞去，疾速横冲直撞着，它们看上去就像印在夏末天空中的指纹。接着，它们朝灯芯草俯冲而下，又顺着草扶摇直上，它们嗖嗖地进了城，又嗖嗖地离开。它们应该落在屋顶的轮廓线上，形成天空映衬下的一道黑边，它们应该欢唱，可现在它们却东跑西窜，索尼娅也跟着它们东跑西窜，在黑色的淤泥中，在充满悲伤和无数只手的黏糊糊的地下世界里。接着她从长椅上栽了下去，差点儿一头就栽向了人行道，幸亏玛莎抓住了她，她抓紧了索尼娅的心脏后背，或者更准确地说，她抓住了索尼娅胸罩的带子，将她拉起来重新靠在长椅上。

"天哪！"玛莎说。但索尼娅已经昏厥，所以没有听到。

在她现在所出没的世界里，他们围坐在餐桌旁。他们坐在一间宽敞的厨房里，面前有家庭自制的烤面包。妈妈拿着红糖一边走动，一边保持着平衡。外面的世界正在发生剧变，而索尼娅的快乐取决于能否适应它。"你真是个斗士，"妈妈说，"凯特对付不了的，但你能对付。"接着，一个身穿咖喱色长袍的人从厨房门口走了进来，她小心地走到冰箱旁站定。"我能看到一个头发稀疏的男人，"她说，"我能看到你将恋爱不幸。"而索尼娅已经在这个混乱的世界中迷了路，并学到了相应的行话和行为，她觉得这种情形很滑稽——不，是很嘲讽，她觉得这很嘲讽。她难以招架，然后算命师说……

"对，算命师到底说了什么？"索尼娅大声问。

她竖起脑袋，玛莎把手放在索尼娅的脖子上。

"你刚才感到天旋地转了，对吧？"玛莎问。她现在渐渐变得清晰起来。

她有了轮廓和线条，有皱纹的脸上挂着笑容。她用手托着索尼娅脖子的方式表明了某种专业素养。她拥有助产士的手，索尼娅想。她的手可以轻柔而坚定地给婴儿接生。她的双眼看过了别人所不知道的东西。它们有一种特殊的洞察力，还有孤独。

远处的某个地方，一只乌鸫在一棵孤零零的树上歌唱着。索尼娅可以看见长椅的板条，以及运河对面的哥本哈根在一刻不停地运转着。这场发作过去了。她觉得有点儿恶心，但是没关系，因为微风吹拂时，她能感觉到脸上的潮湿。

"我想，我要把公寓退租了，一个人毕竟可以随时搬家。"

"那你要去哪儿？"玛莎问。

"回家。"

"你的驾照怎么办？"

"温克尔有一处红绿灯，"索尼娅说，"但我们就坐在这儿吧。"

"我们就坐在这儿。"玛莎说。

"希望你不赶时间。"索尼娅低声说。

"我们哪儿也不去。"

"太阳很快就要落山了。"

"我们有够大的世界，够多的时间。"玛莎说。索尼娅知道，严格地说，爱所需要的不只是一只托在脖子上的手，但就她目前的状态而言，她爱玛莎。

是的，索尼娅爱玛莎。

京权图字：01-2019-0761

**图书在版编目（CIP）数据**

索尼娅的驾驶课／（丹）多尔特·诺尔斯（Dorthe Nors）著；刘国枝，
秦静妹译. —— 北京：外语教学与研究出版社，2019.8
 书名原文：SPEJL, SKULDER, BLINK
 ISBN 978-7-5213-1157-0

 Ⅰ.①索… Ⅱ.①多… ②刘… ③秦… Ⅲ.①长篇小说－丹麦－现代
Ⅳ.①I534.45

中国版本图书馆 CIP 数据核字 (2019) 第 195493 号

出 版 人　徐建忠
项目策划　张　颖
项目编辑　张　畅
责任编辑　郑树敏
责任校对　徐晓雨
装帧设计　COMPUS·汐和
出版发行　外语教学与研究出版社
社　　址　北京市西三环北路 19 号（100089）
网　　址　http://www.fltrp.com
印　　刷　三河市北燕印装有限公司
开　　本　787×1092　1/32
印　　张　8
版　　次　2019 年 10 月第 1 版 2019 年 10 月第 1 次印刷
书　　号　ISBN 978-7-5213-1157-0
定　　价　45.00 元

购书咨询：(010) 88819926　电子邮箱：club@fltrp.com
外研书店：https://waiyants.tmall.com
凡印刷、装订质量问题，请联系我社印制部
联系电话：(010) 61207896　电子邮箱：zhijian@fltrp.com
凡侵权、盗版书籍线索，请联系我社法律事务部
举报电话：(010) 88817519　电子邮箱：banquan@fltrp.com
物料号：311570001

记载人类文明
沟通世界文化
www.fltrp.com